DANS LES MÉANDRES
DE LA NUIT

Pierrette Champon - Chirac

DANS LES MÉANDRES DE LA NUIT

Roman

Toute ressemblance avec des personnes ayant existé ne serait que pur hasard.

© Pierrette Champon - Chirac, 2024

Édition : BoD • Books on Demand GmbH, In de

Tarpen 42, 22848 Norderstedt (Allemagne)

Impression : Libri Plureos GmbH, Friedensallee 273,

22763 Hamburg (Allemagne)

ISBN : 978-2-3225-3766-2

Dépôt légal : mai 2024

À ma précieuse Flo Vigroux-Ruisi

Chapitre 1

L'aéroport

En fin d'après-midi, un vendredi soir, Florence vibre d'une impatience non dissimulée alors qu'elle va rejoindre son amie Pauline à l'aéroport. Elle a quitté son domicile sous un ciel menaçant qui ne présage rien de positif pour le retour. Après une heure trente de route, elle mériterait bien sa récompense, celle de revoir Pauline. L'idée des retrouvailles imminentes emplit son cœur d'une douce euphorie après une décennie de séparation.

Un simple coup de fil, quelques jours auparavant, avait ravivé leur lien, Pauline exprimant son désir ardent de revoir son amie d'enfance. Pour Florence, étonnée, cette prise de contact avait été comme une brise réconfortante, lui rappelant que le temps n'avait pas érodé les fondations de leur amitié.

Dans cette attente fébrile, elle se laisse emporter par les souvenirs, se demandant avec une curiosité mêlée d'émotion, ce que la vie avait réservé à Pauline. Leurs chemins s'étaient séparés, Florence embrassant la voie de l'enseignement tandis que Pauline avait suivi le dédale des petits métiers. Mais malgré les vicissitudes du destin, Florence était emplie d'une joie sincère en constatant que leur amitié avait survécu à l'épreuve du temps.

L'avion était prévu à 18 heures, mais, fidèle à sa nature, elle avait anticipé, arrivant en avance et débordant d'excitation. Dans le parking plein à craquer, elle avait garé sa voiture loin de l'entrée.

Dans le hall de l'aéroport, elle est abordée par les hôtesses du stand d'une agence de voyages qui distribuent des sacs publicitaires faisant la promotion d'une destination africaine, personne ne rentre sans son sac, un cadeau apprécié.

– Merci, dit Florence. Je pourrai ainsi vider mes poches de leur contenu, très bonne idée, vos sacs colorés qui incitent au dépaysement.

Elle y glisse le portefeuille contenant carte d'identité, carte grise, des mouchoirs jetables et son lourd porte-monnaie rempli de pièces.

Elle s'amuse en remarquant que toutes les personnes qui viennent de rentrer ont le même sac. Le hall d'arrivée grouille de monde, l'agitation règne alors que chacun attend avec impatience de retrouver ses proches après l'atterrissage de l'avion. Dans ce tourbillon de vie, où les conversations animées forment des vagues de bruit, elle se laisse emporter par une marée d'émotions, totalement absorbée par ses pensées, indifférente à l'entourage. Son cœur bat la chamade avec une intensité inattendue à chaque minute qui s'écoule. Son excitation grandit démesurément et elle ne peut plus contenir son impatience.

Alors qu'elle observe les avions qui décollent et atterrissent, son esprit vagabonde à nouveau vers les moments partagés avec Pauline dans leur jeunesse insouciante. Chaque rire, chaque larme, semble danser dans les recoins de sa mémoire, lui rappelant l'importance de cette amitié dans sa vie. Elle se surprend à imaginer les nouvelles histoires que Pauline aura à raconter, les épreuves surmontées, les succès célébrés. L'horloge semble s'être figée, le temps s'étirant à l'infini alors qu'elle patiente, le cœur battant à tout rompre à l'idée de serrer à nouveau son amie dans ses bras.

Après une heure trente en voiture, une épopée sur la voie rapide encombrée de véhicules, dont la plupart semblent pressés d'atteindre leur destination pour le week-end, elle ressent le besoin impérieux de se ressourcer, de se recentrer. La cafétéria apparaît alors comme un havre de paix au milieu du tumulte des va-et-vient de la foule en mouvement perpétuel. Cherchant une échappatoire à l'agitation qui l'entoure, elle repère une table libre, s'y installe avec soulagement et dépose son sac à ses pieds.

Alors qu'elle plonge sa main dans la poche intérieure de son blouson, à la recherche de son précieux sésame, sa carte Visa et d'un billet, un serveur bienveillant s'approche, prêt à satisfaire ses désirs. Son regard se lève vers lui, un sourire éclairant son visage fatigué, témoigne de sa gratitude silencieuse pour cette petite pause bienvenue.

— Un café allongé, s'il vous plaît, demande-t-elle avec douceur, laissant échapper un soupir de soulagement anticipé.

Pendant qu'elle attend, deux hommes prennent place à la table voisine. Leurs costumes impeccables, leur allure d'hommes d'affaires pressés, ne passent pas inaperçus dans cette mer de décontraction vestimentaire où le jean et les baskets règnent en maître.

Leur présence à proximité immédiate éveille sa curiosité et, involontairement, elle prête l'oreille à leur conversation animée. Des fragments de phrases s'immiscent, comme des intrus indésirables, dans son esprit déjà occupé par des pensées plus personnelles, tournées vers Pauline.

« Il faudrait s'en débarrasser avant qu'il ne soit trop tard... Réfléchissons un peu... Mais comment les récupérer ensuite ? Ce n'est pas le problème immédiat... Il ne faut pas qu'on les trouve sur nous... Je crois que nous sommes surveillés... »

Les paroles murmurées à la table voisine résonnent étrangement dans son esprit, jetant une ombre fugace sur son moment de quiétude. Mais avant qu'elle ne puisse s'attarder davantage sur ces échanges mystérieux, le serveur revient, apportant avec lui le précieux breuvage qui lui promet un instant de répit. Elle règle sa note avec un billet de cinq euros, offrant généreusement la petite somme restante au serveur, dont le visage s'éclaire d'un sourire reconnaissant.

– Gardez la monnaie, murmure-t-elle, avec une gratitude sincère pour ce bref instant de service attentif.

– Merci bien, Madame, répond le serveur, avant de s'éloigner vers d'autres tables, laissant Florence seule avec son café et ses pensées, dans cette oasis de tranquillité au cœur de l'agitation de l'aéroport.

Elle sirote la boisson à petites gorgées, le regard tourné vers le passé puis consulte sa montre et se lève en récupérant distraitement le sac posé près de la chaise, tout près de son voisin, puis elle se mêle à la foule qui s'agglutine près de la porte d'arrivée.

Les minutes s'écoulent, au milieu de dizaines de visages anonymes et des souvenirs surgissent à nouveau. Pauline était bien plus qu'une simple copine ; elles étaient liées par une amitié d'enfance, née de rencontres fortuites dans leur quartier commun où leur maman les envoyait parfois à la boulangerie. Au retour elles partageaient leurs petits secrets. Elle se souvenait en souriant de leur première expérience de fumeuses dans le jardin public du village, à l'abri des regards. Mais le temps avait passé, et leurs chemins s'étaient éloignés. Cependant, leurs liens, forgés dans l'innocence des jeux de fillettes, avaient traversé les années sans faiblir, malgré les chemins parfois divergents empruntés par chacune dans la trame de sa propre vie. L'attente à l'aéroport était empreinte d'un désir de renouer les liens perdus.

L'avion vient d'atterrir et la réalité reprend ses droits. Les premières valises tournent sur le tapis roulant, annonçant l'arrivée imminente de Pauline.

À travers la vitre, Florence scrute les visages qui défilent, cherchant désespérément celui qu'elle a gravé dans sa mémoire. Mais aucun ne semble correspondre à l'image figée de son amie d'enfance. Un doute fugace s'insinue dans son esprit, un murmure incertain qui lui susurre que le temps a peut-être altéré les traits familiers de Pauline.

« En dix ans, elle a dû changer, tout comme moi », se dit-elle pour se rassurer, elle était blonde aux yeux bleus, 1,65 mètre, de la même taille que moi.

Les passagers sortent en se précipitant vers les bras tendus. Après les effusions, leur valise est prise en charge par les proches qui ont hâte de retrouver leur véhicule au parking.

« Attendez-moi, dit un homme, je vais payer pour avoir le ticket de sortie. »

Déjà la queue s'allonge devant le distributeur. Il fait signe à son groupe de commencer à partir sans lui. « Je vous rattraperai ! » leur crie-t-il.

Florence a suivi la scène des yeux en cherchant son ticket dans la poche de son blouson. À ce moment précis, comme un éclair dans la nuit, une voix familière la tire de ses pensées et elle entend tout près d'elle : « Bonjour Flo ! »

Florence tourne la tête et découvre une Pauline, méconnaissable avec des cheveux roux mi-longs et ses yeux dissimulés derrière des lunettes noires. Malgré les années écoulées et les changements physiques, était-ce bien son amie qui se tenait devant elle, prête à renouer leur amitié là où elles l'avaient laissée ?

Mais ses doutes s'apaisent « ce doit être Pauline sinon comment serait-elle venue vers moi ? Donc je n'ai pas trop changé si elle m'a reconnue », se dit-elle rassurée. Puis elle réfléchit « elle ne pouvait pas se tromper, car j'étais la seule personne restée derrière la porte du hall d'arrivée. »

Dans un élan spontané, elles se précipitent dans les bras tendus, se serrant dans une étreinte chaleureuse, remplie d'émotion, comme si le temps s'était arrêté pour elles. Et dans cet instant magique, Florence qui oublie les fatigues de l'attente, savait que peu importe les aléas de la vie, l'amitié qui les unissait resterait toujours aussi forte, un phare dans les tempêtes de l'existence.

– Excuse-moi si je garde mes lunettes, mes yeux sont sensibles à la lumière artificielle, explique Pauline.

– Tu as changé la couleur de tes cheveux ! J'ai failli ne pas te reconnaître.

– Les hommes ont une attirance particulière pour les rousses alors…

Elles éclatent de rire comme au temps de leur enfance.

– Toi tu n'as pas changé. Toujours la même, cheveux blonds, yeux noisette, pas une ride… le temps semble ne pas avoir d'emprise sur toi.

– Flatteuse ! Je te reconnais bien là. Mais tu as oublié que mes cheveux étaient châtain foncé jadis. Le voyage s'est bien déroulé ?

– En une heure trente de vol, on n'a pas le temps de s'ennuyer. À peine décollé, l'hôtesse distribue des collations et le commandant annonce déjà la descente. Je n'ai même pas ouvert le livre que j'avais emporté.

– Tu as récupéré ta valise facilement ?

– Une valise bleue, couleur assez rare pour être identifiable au premier coup d'œil ne passe pas inaperçue. J'ai dû jouer des coudes pour me frayer un chemin à travers la foule jusqu'au tapis roulant, où les voyageurs s'amassaient. Quand je tendais la main en l'apercevant, un homme complaisant m'a dit :

– C'est laquelle ?

– La bleue, la voici !

Pauline continue : « L'homme, un grand blond athlétique remarquable, l'empoigne, la pose à mes pieds et je le remercie pour sa gentillesse. Je n'avais d'yeux que pour lui et il aurait pu me donner n'importe quelle valise, je n'y aurais vu que du feu. Il m'a demandé « où allez-vous ? »

– Qu'as-tu répondu ? Tu ne lui as pas donné mon adresse au moins ?

– Pourquoi pas ? Il me plaisait beaucoup.

– Non ! Tu n'as pas fait ça !

– Tu vois bien que je te fais marcher.

Florence n'en est pas convaincue, elle connaît la dragueuse qui continue :

– Je sens que je l'intéresse et je réponds malicieusement « Pour l'instant, nous devons juste rejoindre le parking ». Il me répond « quelle coïncidence, moi aussi ».

Tout en discutant, les deux amies s'approchent de la sortie. Florence remarque alors une scène qui l'interpelle, les deux hommes qui étaient près d'elle au bar sont abordés discrètement pas deux policiers qui les conduisent vers les toilettes. Au bout de quelques minutes, tous en sortent en prenant des voies différentes. Les policiers serrent la main des deux hommes ce qui laisse à penser qu'ils n'avaient rien à leur reprocher.

– Qu'est-ce que tu regardes ? demande Pauline.

– Rien de spécial. Des hommes qui étaient près de moi à la cafétéria.

– Tu as flashé sur l'un des deux !

– Arrête un peu, je suis sérieuse moi !

Pauline continue :

– Le mien n'était pas mal, je l'aurais bien invité à venir avec nous.

– De qui parles-tu ?

– De l'homme à la valise.

– Encore ? s'étonne Florence, il t'intéresse autant ?

– Pourquoi pas, célibataire, je n'ai de compte à rendre à personne.

– Tu cherches à te caser ?

– Non ! Une expérience m'a suffi.

– Tu étais en couple ? Combien de temps ?

– Au bout de quatre ans, j'en ai eu assez d'avoir quelqu'un constamment sur le dos. J'avais besoin de liberté.

– Alors maintenant, tu es heureuse ?

– Cela ne m'empêchera pas d'avoir quelques aventures pour pimenter la vie quotidienne, mais sans attaches et selon la règle « chacun chez soi ». Et toi ? Que me racontes-tu ?

– Moi, rien de spécial, j'écris des romans et pour vivre, je donne des cours de français.

– Tu es prof ? Dans quel établissement ?

– J'ai pris un peu de recul avec ma carrière d'enseignante.

– Ce n'est pas toujours facile avec les élèves d'aujourd'hui.

– Je n'avais aucun problème concernant la discipline et je m'entendais bien avec eux, il suffit de savoir les prendre et de gagner leur confiance.

– De quoi vis-tu ?

– Je donne des cours particuliers.

– Tu reçois les élèves chez toi ?

– Non, trop risqué. Les parents préfèrent que j'aille chez eux, c'est plus pratique.

– Et ces cours te permettent de vivre ?

– Ça va, je ne suis pas trop exigeante, je me contente de peu. J'ai pris un congé sabbatique et je reprendrai le chemin du collège quand il se terminera, c'est juste une parenthèse. Tu veux prendre un café ?

– J'en ai déjà pris un dans l'avion, je préfère rentrer directement.

– D'accord, nous avons encore une heure et demie de route. Nous n'arriverons pas avant 22 heures. Attends-moi là, je vais payer le parking.

– Je viens avec toi.

Après avoir réglé les formalités au distributeur, en sortant du hall de l'aérogare, elles plongent dans l'obscurité profonde de la nuit, sans la lueur de la lune pour les guider. En regagnant le parking, Florence remarque que son amie jette fréquemment des regards furtifs par-dessus son épaule.

« Voilà que Pauline se croit pourchassée par un prétendant ! Toujours la même », pense-t-elle avec une pointe d'amusement.

Pourtant, le comportement de Pauline finit par susciter son interrogation. Chaque fois que son amie se retourne, elle accélère le pas. Agacée, Florence finit par la questionner :

— Pourquoi te retournes-tu ainsi ? Tu regardes si l'homme à la valise nous suit ?

— Non, pas du tout, qu'est-ce qui te fait dire ça ?

— Je te connais trop bien. Alors, tu redoutes d'être suivie.

— Tu me tapes sur les nerfs à la fin ! Tu cherches déjà de nouvelles intrigues pour ton prochain roman ?

— Absolument pas. Alors, arrête de te retourner, on perd du temps !

— Où as-tu garé ta voiture ? demande Pauline, changeant de sujet.

— Tout au fond du parking. Il était bondé quand je suis arrivée. C'était un vrai défi pour trouver une place.

— De quelle couleur est-elle ?

— Rouge, pour qu'elle soit repérable.

— Tu as de la chance de ne pas être daltonienne ! plaisante Pauline, jetant un dernier coup d'œil en arrière.

Afin de mieux la retrouver, Florence actionne la télécommande pour déverrouiller les portes.

— Tu vois, je peux la discerner à une trentaine de mètres. C'est pratique !

Un homme pressé double les jeunes femmes. Il s'arrête près de la rouge pour refaire son lacet puis se relève et disparaît dans la nuit.

— J'ai cru que ton soupirant nous avait rattrapées, s'amuse Florence

— Arrête avec ça, on croirait que tu es jalouse de mon succès !

— Pas du tout, au contraire, je suis bien contente pour toi. Quand nous allions à un bal de village et que nous étions côte à côte, c'était toujours toi qu'on invitait à danser. Je n'étais pas déçue, je venais seulement t'accompagner, danser serrée dans les bras d'un inconnu, ne m'intéressait pas.

— Tu préférais les manèges ?

— Non, souviens-toi, le flipper.

Pensant à l'homme qui les a précédées, Florence change de sujet :

— Tu vois, si je devais écrire un nouveau roman, je dirais que cet homme a mis un mouchard sous la voiture pour nous suivre à son gré, car il portait des chaussures sans lacets.

— Mais de quel homme s'agit-il ?

— De celui qui a fait semblant de s'arrêter près de ma voiture. Mes romans sont construits à partir de faits et gestes anodins que je remarque dans le quotidien.

— Alors je risque un jour prochain de faire partie de tes personnages ?

– Pourquoi pas. Ton bagage à main me paraît bien lourd.

– Il contient quelques affaires qui n'entraient pas dans la valise, des vêtements de nuit surtout.

Florence dépose son sac sur la banquette arrière et la valise dans le coffre. Pauline monte, se sentant en sécurité dans la voiture. Florence a bien remarqué son comportement suspicieux et se demande quelle peut en être la raison.

La voiture démarre lentement pour sortir du parking. Pauline pousse un soupir de soulagement ignoré par Florence, affairée à glisser le ticket dans le distributeur. La barrière se lève et, la voiture s'élance avec une assurance qui apaise l'anxiété de Pauline en s'éloignant du théâtre d'allers et de retours des voyageurs et qui devient le point de départ de leur aventure nocturne. La barrière semble libérer les deux amies dans les méandres d'une nuit dépourvue de lueurs, où seules les rares voitures croisées partagent leur solitude.

Chapitre 2

En route !

Après quelques kilomètres de virages dans la nature que l'obscurité déforme et rend hostile, Florence est gênée par les phares de la voiture qui les suit et qui se rapproche dangereusement. À ce moment, elle pense à l'inquiétude de Pauline qui regardait souvent derrière elle. Son amie serait-elle en danger et véritablement suivie ?

Appels de phare, coups de klaxon ne manquent pas d'alarmer Florence qui ne sait plus quelle conduite adopter. La voiture les double et s'arrête brutalement. Florence a juste le temps de freiner tandis que le conducteur sort de sa voiture précipitamment et s'approche d'elles :

– Bonsoir, veuillez excuser cette queue de poisson, mais vous n'avez pas compris mes appels de phare ni mes coups de klaxon.

Florence descend la vitre pour mieux entendre tandis que Pauline murmure, « n'ouvre pas c'est un piège ! » Trop tard !

– De quoi s'agit-il ? dit Florence agacée.

– Je voulais vous avertir qu'un plaid, coincé dans la portière arrière gauche, flotte au vent comme un drapeau en gênant la visibilité des voitures qui vous suivent.

L'homme passe la tête dans l'habitacle et les dévisage. Florence descend du véhicule en le remerciant.

– Tu n'aurais pas dû t'arrêter !

– Tu vois le danger partout. Il voulait simplement nous avertir, c'est gentil de sa part, nous aurions pu provoquer un accident.

– Tu es trop confiante, un jour, il t'arrivera malheur.

– Il n'y a pas que des mauvaises personnes comme veulent nous faire croire les médias qui mettent en exergue les comportements négatifs.

Pauline ne répond pas. Le silence s'installe, un ange passe…

En conduisant, Florence se demande ce qu'a fait son amie durant leur longue séparation. Elle ne l'a jamais contactée pour lui raconter sa vie. Pourquoi ce changement radical de physique ? Pourquoi porte-t-elle des lunettes noires ? « Pourquoi a-t-elle oublié la couleur de mes cheveux et que j'aimais le flipper ? Depuis le temps de l'enfance où elle m'a quittée, qu'a-t-elle fait ? De quoi vit-elle ? De quoi ou de qui a-t-elle peur, elle si téméraire jadis ? »

Ces questions dansent dans son esprit et restent sans réponse.

Un peu plus loin, Florence est confrontée à l'imprévu d'une déviation imposée par des travaux annoncés à 500 mètres.

« Bizarre, je n'ai pas vu de travaux signalés sur cette route à l'aller. »

La nouvelle voie, une route secondaire, étrangère à ses habitudes, la désoriente, déstabilisant le cours prévu du retour. Devant elle, la voiture a disparu, sans emprunter la déviation. « Curieux », pense-t-elle.

Pendant ce temps, Pauline, se plonge dans son univers numérique, l'indispensable téléphone, une porte ouverte sur un monde parallèle à la recherche d'éventuels messages qui seraient arrivés tandis qu'elle avait mis le mode « avion » durant le voyage. Entre deux réflexions personnelles, ponctuées de rires solitaires, elle semble être seule dans sa bulle, inconsciente des éléments déchaînés à l'extérieur.

En effet, les conditions météorologiques se sont dégradées rapidement, le vent s'invitant avec force dans leur périple, pousse la voiture vers un ailleurs incertain sur cette route étroite bordée de fossés. La tempête annoncée pour le lendemain a pris de l'avance. Florence, les mains crispées sur le volant, lutte contre les rafales qui menacent de la dévier de sa trajectoire. Les arbres, silencieux témoins de ce combat contre les éléments, plient sous l'assaut du vent, ajoutant une dimension dramatique à leur retour. Dans ce tourbillon de doutes et de craintes, Florence ne peut s'empêcher de penser : « Il ne manquerait plus qu'un arbre tombe sur la voiture », une phrase empreinte d'inquiétude face à l'imprévu qui se dresse sur leur chemin.

La voiture avance laborieusement, laissant derrière elle un sillage flou sous un rideau de pluie. Soudain, à travers le reflet des phares, la silhouette d'un homme qui lui fait signe se profile, peut-être réelle, peut-être chimérique, mais elle passe sans s'arrêter devant l'auto-stoppeur, observant les conseils de prudence de son amie. On prend toujours un risque en acceptant un inconnu dans sa voiture et la BA du conducteur peut se changer en drame.

La pluie redouble d'intensité, défiant les essuie-glaces dans leur bataille vaine contre les torrents déferlants sur le pare-brise tandis que Pauline est toujours absorbée dans son propre monde digital. Florence, exaspérée par cette indifférence, se confronte au silence, laissant la tension s'installer entre elles comme une brume épaisse.

À présent, la route s'enfonce dans une forêt, où les arbres se dressent en sentinelles fantomatiques, leurs branches se penchant tels des doigts griffus prêts à saisir les imprudentes. Le spectacle inquiétant de l'étendue sylvestre éveille l'imagination fertile de Florence, tandis que l'angoisse serre son cœur. Enfin, épuisée par cette lutte en solitaire contre les éléments et le silence pesant, elle se résout à faire halte, laissant la voiture s'échouer sur le bas-côté, comme un navire vaincu par la tempête.

Le silence du moteur fait réagir Pauline :

– Pourquoi t'arrêtes-tu ? Nous sommes déjà arrivées ?

La question innocente de Pauline résonne comme un reproche, mettant à nu la fracture entre leur perception de la réalité. Florence, contrariée par son attitude, réplique brutalement :

– Tu n'as pas remarqué que nous étions dans une effroyable tempête ?

– Sommes-nous encore loin de chez toi ?

– J'ai dû prendre une déviation suite aux travaux annoncés et je t'avouerai que je ne sais plus trop où je suis.

– Alors nous sommes perdues. C'est insensé ! Comment as-tu fait ?

– Si tu n'es pas satisfaite, prends le volant !

– Tu n'as pas de GPS ?

– Non ma voiture qui date déjà n'en est pas équipée. Il faut attendre que la pluie cesse, je n'y vois rien. Rouler dans ces conditions pourrait être dangereux.

– Tu veux que je prenne le volant ? Moi je n'ai pas peur de conduire.

– Tu n'y verras pas mieux que moi surtout avec des lunettes noires que tu aurais pu quitter puisqu'il n'y a pas de lumière artificielle pour agresser tes yeux.

Pauline ne répond pas et s'enfonce sur son siège, maussade, le regard tourné vers l'extérieur. Florence sent qu'elle a touché un point sensible et regrette ses mots.

Au bout d'un moment Pauline réagit :

– Si je porte des lunettes, c'est qu'il y a une raison que tu ignores. Il faudrait reprendre la route, car j'ai hâte d'arriver pour un besoin pressant.

– Tu aurais pu y penser plus tôt et passer aux toilettes de l'aéroport. Tu n'as pas été prévoyante.

– Et voilà que tu me fais des reproches, sur mes lunettes, sur mon imprévoyance, tu n'as pas changé Mademoiselle je sais tout.

Leur échange révèle des failles profondes, des tensions latentes exacerbées par l'urgence de la situation. Dans ce dialogue vif et brûlant, la vulnérabilité affleure, dévoilant des fragilités longtemps enfouies sous le vernis de l'amitié.

– Stop, dit Florence, on ne va pas déjà se disputer. As-tu une application sur ton téléphone pour nous servir de GPS ?

– Hélas, ma batterie est déchargée.

– Alors nous n'avons plus qu'à nous fier à notre instinct.

Dans la réponse de Florence, prête à mettre de côté ses rancœurs pour trouver une solution, se dessine le contour d'une amitié sans faille, capable de surmonter les épreuves les plus sombres.

Face à l'adversité, dépourvues de technologie, elles sont forcées de puiser dans leurs ressources les plus profondes, pour trouver leur chemin à travers les méandres de la nuit.

Enfin, la pluie impitoyable semble se calmer, comme si les éléments eux-mêmes retenaient leur souffle pour faire une pause.

– C'est bon, nous pouvons repartir, à présent, dit Florence.

Quelques kilomètres plus loin, la voiture se trouve confrontée à un choix crucial face à un carrefour anonyme où les directions se perdent dans l'obscurité.

– Quelle direction prendre ? Interroge Florence, embarrassée.

– Prends à droite, nous verrons bien.

– Bien, je t'écoute.

Dans cette forêt sombre, dense, sinistre, chaque virage cache un danger potentiel. La route glissante incite à la prudence et à une vitesse limitée. À la sortie d'une courbe, Florence a juste le temps de freiner pour éviter un tronc d'arbre qui coupe la route en totalité. Trois silhouettes d'hommes, qu'éclaire une lampe tempête, s'agitent autour de l'arbre abattu par le vent. Ils semblent irréels, vêtus de longs imperméables et coiffés de chapeaux de pluie. Ces hommes, figures inattendues au cœur de ce labyrinthe végétal, apportent un écho de civilisation dans ce monde sauvage et rassurent les jeunes femmes. Ils s'affairent pour déblayer le passage. Leur camion se devine de l'autre côté de l'arbre tombé. L'un d'eux s'approche de la voiture. Florence descend sa vitre pour entendre ce qu'il veut lui dire.

– Bonsoir, où allez-vous ?

Florence donne le nom de sa destination.

– Vous n'êtes pas du tout sur la bonne route.

– Une déviation nous a conduites ici ?

– Attendez que la voie soit dégagée, nous allons découper le tronc et vous pourrez continuer, vous trouverez un village plus loin.

Il les dévisage et poursuit :

– Ce n'est pas prudent pour deux jeunes femmes de se promener la nuit par un temps pareil.

– Nous ne pouvions pas faire autrement, car je viens de chercher ma copine à l'aéroport et nous rentrons chez moi.

– Vous avez de la chance de ne pas faire de mauvaises rencontres.

Ses paroles bienveillantes se heurtent à la peur qui serre soudain le cœur de Florence, une peur légitime face à l'inconnu qui se dresse devant elles.

Les deux autres ont cessé leur travail et s'approchent. La tension est palpable dans l'habitacle. Elles réalisent la fragilité de leur position. Dans cette confrontation entre l'instinct de survie et le désir de confiance,

Florence et Pauline naviguent sur un fil ténu entre la prudence et la confiance.

Pauline n'arrange pas la situation en verrouillant sa porte. Florence pense que cela ne suffirait pas, les hommes auraient vite fait de casser le pare-brise pour les extirper de la voiture. L'homme qui lui parle a lu la crainte dans ses yeux et sourit.

– N'ayez pas peur nous ne sommes pas des bandits ni des violeurs, soyez tranquillisées. Attendez que la route soit dégagée et vous pourrez repartir.

Florence et Pauline, qui n'en menaient pas large, se sentent rassurées, mais toujours sur leur garde. Il n'est pas possible de faire demi-tour sur cette route étroite. Elles n'ont plus qu'à se confier à leur bonne étoile.

À travers les ténèbres de la nuit et les craintes qui les assaillent, une lueur d'espoir perce. Le son rassurant des tronçonneuses, s'attaquant au tronc d'arbre qui obstrue leur chemin, symbolise la promesse d'un passage sûr vers la liberté.

Pauline prend la parole :

– Je n'avais pas imaginé vivre pareille aventure en te demandant de m'inviter.

– Tu vois cela n'arrive pas que dans les romans.

– À présent je m'attends à tout et même à passer la nuit dans la voiture.

– Et sans manger !

– Nous commencerons un régime !

Et elles éclatent de rire.

Dans cet épisode imprévu, l'amitié s'est fortifiée et l'atmosphère s'est détendue. Au bout de quelques minutes, l'homme leur fait signe que la voie est libre.

– Soyez prudentes, car il est possible que la tempête cause d'autres dégâts.

Florence et Pauline le remercient et font un signe de la main aux deux autres. Bientôt cet épisode n'est plus qu'un mauvais souvenir.

– Espérons que le nom du prochain village permettra de nous localiser. Je t'avoue que je ne me suis jamais aventurée par ici.

– Je croyais que tu connaissais bien la région.

– Pas celle-ci, c'est la déviation qui nous a perdues.

– Espérons que nous arriverons sans encombre chez toi, j'ai hâte de voir ta maison.

– Moi aussi !

En regardant dans le rétroviseur, la lumière éblouissante de deux phares indique qu'elles ne sont pas seules. Pour s'amuser, Florence lance :

– Nous sommes encore suivies !

– Ne dis pas de bêtise, gronde Pauline.

– Pourquoi ? C'est peut-être toi que l'on suit. Tu n'as pas oublié l'homme à la valise, c'est lui qui te cherche.

Et Florence éclate de rire.

La nervosité de Pauline va crescendo.

– Ralentis pour qu'elle nous double.

– OK, comme tu voudras.

Florence freine et ralentit sa vitesse tandis que la voiture noire aux vitres teintées passe en trombe.

– Tu es rassurée à présent ? C'étaient des personnes pressées.

Pauline ne répond pas et Florence se rend compte que son amie lui dissimule un problème crucial qu'elle refuse de lui confier dans l'immédiat.

Chapitre 3
Perdues

Elles sortent enfin de la forêt et, au bout du sombre horizon, aperçoivent une lueur vacillante. « Si c'est le village annoncé, nous pourrons nous renseigner sur notre localisation », pense Florence. L'espoir renaît.

Pour se rapprocher de cette lumière, elle doit quitter la voie principale en empruntant un chemin de terre.

– Tu quittes la route ? demande Pauline anxieuse.

– Oui nous allons frapper à la porte de la maison encore éclairée que j'aperçois au loin avant que les occupants soient couchés. Tu vois une autre solution ?

Le chemin boueux, bordé de hautes haies touffues, semble interminable et la lumière ne semble pas se rapprocher.

– C'est encore loin ? s'inquiète Pauline.

– Je n'en sais pas plus que toi, nous verrons bien.

– Il est impossible de faire demi-tour dans ce chemin étroit. Qu'allons-nous faire ?

– Tu me fais rire, tu es toujours sur tes gardes. En sortant de l'aéroport, tu regardais si quelqu'un te suivait, à présent tu redoutes d'aller frapper à la porte d'une maison, tu as bien changé depuis notre dernière rencontre. Souviens-toi, tu n'avais jamais peur de rien, ton intrépidité ne manquait pas de m'étonner.

— Tu es toujours sûre de toi, jamais anxieuse ?

— Bien sûr, cela m'arrive, mais je suis optimiste cela contraste avec ton pessimisme. Il faut de tout pour faire un monde.

Bientôt, la maison se dessine au bout de ce chemin semblable à un tunnel de verdure. À mesure qu'elles s'en rapprochent, Florence est envahie par un trouble profond. Une étrange familiarité s'empare d'elle, comme si elle connaissait ces lieux. Une sensation de déjà-vu l'étreint, mais elle garde pour elle ces impressions troublantes. Elle se souvient des rêves récurrents où elle glissait avec grâce le long d'un tunnel infini. À chaque fois, elle débouchait sur une maison à l'aspect austère, presque hostile, qui lui rappelle étrangement celle-ci. Elle s'approche de la porte, l'ouvre... À ce moment, une vive lumière l'éblouit et elle se réveille de son cauchemar, le corps trempé de sueur.

À cette évocation, son cœur s'emballe et elle essuie la sueur perlant sur son front d'un geste machinal. Sa respiration s'accélère, ses mains tremblent sur le volant.

— Qu'est-ce qui se passe ? interroge Pauline, inquiète face au trouble de son amie. Tu n'as pas l'air bien. Tu es toute pâle.

— Je suis juste fatiguée, répond brutalement Florence, tu comprends ça !

– Si tu veux, je peux prendre le volant dès qu'on saura où nous sommes.

– J'ai juste envie de faire demi-tour. J'ai un mauvais pressentiment.

– Et toi qui me disais que j'étais peureuse il n'y a pas si longtemps ! Qu'est-ce qui te prend ? Maintenant c'est toi qui angoisses alors qu'on est sur le point de trouver notre chemin pour rentrer chez toi.

Florence, ayant perdu toute assurance, hésite un instant avant de se confier :

– Il m'arrive souvent de faire un rêve bizarre.

– Lequel ? Ça m'intéresse.

– Je me retrouve dans un long tunnel, je marche, encore et encore, jusqu'à ce que j'atteigne le bout. Et là, je vois...

– Quoi ? Raconte !

– Une maison qui ressemble étrangement à celle-ci.

Pauline éclate de rire et fait preuve de courage en disant :

– Toi, la rationnelle, tu ne vas pas croire à ces bêtises ! Écoute, arrête le moteur, j'irai frapper à la porte.

– Comme tu veux, mais je me prépare au cas où.

Par précaution, elle amorce un demi-tour dans la cour de cette intrigante maison. La façade de pierres grises fait apparaître deux étages et des fenêtres aux volets fermés à travers lesquels aucune lumière ne filtre.

– Attends, à présent je me souviens avec précision de ce cauchemar qui me conduit devant la porte d'entrée de la maison. Je frappe sans obtenir de réponse. Je l'ouvre, je rentre et j'aperçois quelque chose qui m'épouvante, mais j'ignore quoi tandis qu'une grande lueur m'aveugle. À ce moment précis je me réveille en sursaut.

– Ce n'est qu'un cauchemar, un mauvais rêve ! En voilà assez ! Si j'avais prévu tous ces inconvénients, je ne serais jamais venue.

Florence sent que Pauline est fâchée pour de bon.

– Descends, je laisse tourner le moteur, au moindre danger tu te précipiteras dans la voiture et nous démarrerons.

– Quelle prévoyance pour une fuite insensée ! Pas de problème, tu verras, tout ira bien.

Pauline descend de la voiture avec assurance, se dirigeant d'un pas ferme vers la porte d'entrée surmontée d'une lampe oscillant au bout d'un fil, comme arrachée de son support par la bourrasque. Elle frappe à la porte, et alors qu'elle entre, le regard inquiet de Florence la suit.

À l'intérieur du véhicule, ses battements de cœur s'accélèrent, son anxiété monte. « Pourquoi Pauline tarde-t-elle ? Que se trame-t-il là-dedans ? » se demande Florence, soucieuse.

Le ronronnement du moteur en veille semble avoir alerté les occupants, car la porte s'ouvre, laissant entrevoir une silhouette dans l'encadrement. Mais ce n'est pas Pauline.

Chapitre 4

La piqûre

Une femme d'un certain âge lui fait signe d'entrer, contraignant Florence à couper le moteur et à la rejoindre. Appréhendant chaque pas, elle se remémore son cauchemar. La lumière éblouissante du couloir l'accueille alors qu'elle franchit le seuil, se demandant ce qui l'attend. Le cauchemar va-t-il continuer ?

Un escalier raide s'élève vers l'étage. Elle suit la femme jusqu'à la porte de gauche, dévoilant la cuisine. Toute vêtue de noir, les cheveux grisonnants et des yeux d'un bleu délavé, elle paraît chaleureuse et accueillante malgré l'austérité de sa tenue.

– Entrez, je vous en prie, dit-elle, d'une voix douce, venez rejoindre votre amie.

Pauline est là, assise près d'un feu crépitant dans la cheminée.

– Venez vous réchauffer par ce temps exécrable, propose-t-elle.

– C'est une invitation que je ne peux refuser, répond Florence à moitié rassurée.

La cuisine ressemble à celles que l'on trouvait autrefois dans les fermes françaises, une pièce conviviale préservée dans son authenticité, sans souci de modernisation. Des saucissons, des jambons et des oignons pendent aux poutres du plafond.

L'hôtesse prend la parole :

– Nous attendions l'infirmière habituelle, Jo, qui vient chaque jour pour administrer une piqûre à mon mari. Je ne savais pas qu'elle avait une remplaçante.

Florence surprise jette un regard interrogatif à Pauline qui met un doigt devant sa bouche pour l'inciter à se taire.

– C'est une chance que vous ayez pu venir jusqu'ici par ce temps.

– Oui, en effet, répond Florence décontenancée.

– Attendez un instant, je vais voir s'il est prêt à vous recevoir.

Pendant ce temps Florence s'approche de Pauline et lui dit à voix basse :

– Tu ne vas pas lui faire une piqûre !

– Mais si, pourquoi pas ?

– Mais tu n'es pas infirmière !

– Bien sûr que si...

La femme revient en disant :

– Vous pouvez y aller, il vous attend.

Florence est catastrophée, scandalisée par l'audace de Pauline. Comment cela va-t-il se terminer ?

– Entrez, entrez dans la chambre.

Avec assurance Pauline se dirige vers le fauteuil ou un septuagénaire est assis en pyjama et robe de chambre. Il accueille les deux jeunes femmes avec un sourire en disant :

— Comme je suis content de voir que vous avez pu braver le mauvais temps pour venir jusqu'à moi. Jo aura eu un empêchement de dernière minute, vous ne savez pas lequel ?

Pauline répond par un sourire :

— Ne vous inquiétez pas, je ferai aussi bien qu'elle. Où est le produit à injecter.

— Il sort du réfrigérateur et voici la seringue.

Florence les jambes tremblantes se demande comment Pauline va s'en sortir. Mais celle-ci paraît tout à fait à l'aise. Elle s'empare de la seringue avec assurance et y introduit le produit avec un petit claquement du doigt, comme une infirmière expérimentée. Florence est stupéfaite.

— Tendez votre bras.

L'aiguille s'enfonce dans la chair et se retire.

— Voilà, c'est fait.

— Déjà, je n'ai rien senti. Vous avez la main plus douce que Jo.

— C'est l'expérience, conclut Pauline en riant.

L'homme ajoute :

— Marie sers-leur une boisson chaude avant le départ, ces jeunes dames semblent frigorifiées. Au revoir, en espérant que vous fassiez bonne route par ce maudit temps. C'est vous qui reviendrez demain ?

Mais elles s'éloignent déjà.

En suivant la femme, Pauline murmure à Florence :

— Ne lui demande pas où nous sommes afin de ne pas éveiller de soupçons sur notre identité.

De retour à la cuisine, elles s'installent à la table couverte d'une toile cirée rouge.

En remplissant leur tasse d'un café issu d'une antique cafetière, la femme leur dit :

— Nous avons de la chance d'avoir encore de l'électricité, mais par contre la ligne téléphonique est coupée.

— Vous êtes bien isolés, répond Pauline pour meubler la conversation.

— Par malchance la voiture est tombée en panne. La dépanneuse devait venir la chercher ce soir, mais avec le mauvais temps…

— Oui ce n'est pas de chance, ajoute Florence compatissante.

Les rafales de vent font ronfler la cheminée et par moments les trois femmes ont du mal à s'entendre.

« Marie ! Marie ! Viens voir ! »

L'hôtesse se rend à l'appel de son mari qui la réclame dans la chambre.

Florence glisse à son amie :

– Tu as eu l'audace de lui faire une piqûre !

– Bien sûr, puisque j'ai mon diplôme d'infirmière.

– Je l'ignorai.

– Il y a encore bien des choses que tu ignores à mon sujet.

– Lesquelles ?

La femme revient, interrompant leur conversation.

– Je crois qu'il est temps de partir, dit Pauline en se levant.

– Vous ne voulez pas rester encore un peu ?

– Nous devons rentrer à présent, ajoute Florence, merci pour le café.

– Eh ! Bien, au revoir et soyez prudentes sur la route.

Chapitre 5

L'infirmière

La porte s'ouvre sur la nuit et le vent, mais la voiture n'est plus dans la cour.

– Ma voiture ? interroge Florence en regardant Marie.

La femme a un doute non exprimé.

Étonnées, Florence et Pauline tournent leur regard vers le chemin rectiligne. C'est alors qu'elles voient la dépanneuse transportant leur voiture disparaître dans la nuit.

– La voiture ! La voiture ! crie Florence. C'est ma voiture qui s'en va.

– Votre voiture ?

– Oui elle était là, dans la cour.

– Mais, balbutie la femme effondrée, le garagiste se sera trompé, il a pris votre voiture à la place de la nôtre. Quelle histoire ! Et le téléphone qui ne fonctionne pas. Vous n'avez plus qu'à dormir ici, j'ai la chambre d'ami toujours prête.

Pauline et Florence se consultent :

– Savez-vous où va la dépanneuse ?

– Chez le garagiste du village.

– C'est loin ?

– Quatre kilomètres.

– Que faire ?

Pauline ajoute :

– Nous sommes bien obligées d'accepter votre invitation.

– Il n'y a pas d'autre solution. Nous ne pouvons pas marcher dans la nuit par un temps pareil, il nous faudrait environ une heure pour trouver le garage.

Afin d'échapper aux rafales du vent, elles pénètrent dans la maison bien chauffée. Le mécontentement et la déception se lisent sur leur visage.

– Venez, suivez-moi, la chambre est au premier. C'est la porte à droite, vous ne pouvez pas vous tromper, car ensuite ce sont les WC. Le lit est fait.

– Merci pour votre accueil.

– Passez une bonne nuit. Tout s'arrangera demain.

Pauline passe la première, elle a hâte de rejoindre les toilettes. Elle en sort, soulagée. La chambre est accueillante avec une grande armoire de campagne, un lit aux montants de bois et son édredon rouge au ventre rebondi.

– Quelle aventure ! On se croirait dans un de tes romans. Tu viens me chercher à l'aéroport pour me ramener chez toi et nous voilà dans une chambre inconnue.

– Jusqu'où cela va nous mener. Et la piqûre ?

– J'ai mon diplôme d'infirmière et cela n'a pas été difficile pour moi.

– Bravo ! Et à présent ? Imagine que la véritable infirmière se présente, que dirons-nous ?

– La vérité tout simplement.

– Nous voilà obligées de passer la nuit ici et demain nous nous rendrons à pied au garage pour récupérer la voiture.

– Espérons que le temps sera meilleur.

Elles se déchaussent et rentrent dans le lit avec leurs vêtements. Elles n'ont pas l'habitude de dormir dans des draps de grosse toile rêche.

– Tu n'enlèves pas tes lunettes ?

– Quand tu auras éteint la lumière.

– Comme tu voudras.

L'obscurité se fait dans cette chambre inconnue. Cependant le sommeil ne vient pas et dehors le vent n'arrête pas.

Elles sont à peine assoupies malgré tout qu'un pas lourd et bruyant retentit dans l'escalier accompagné d'éclats de voix. Florence aux aguets a toujours un mauvais pressentiment suite à son cauchemar récurent. La porte de la chambre s'ouvre violemment, une main appuie sur l'interrupteur et la lumière se fait.

Deux visages apeurés émergent des couvertures tirées jusqu'au menton, une voix gronde :

– Qui êtes-vous ? Que faites-vous chez moi ?

L'homme à qui Pauline a fait la piqûre se tient debout devant elles, un fusil à la main pointé vers le lit. Elles se serrent l'une contre l'autre en tremblant.

– Qui êtes-vous ? réitère-t-il.

– Calme-toi, Louis, calme-toi, elles ont sûrement une explication, dit Marie qui le suit.

– J'attends, dit-il en essayant de maîtriser sa colère.

– Nous allons tout vous raconter, dit Pauline. Laissez-nous nous lever.

– Oui, attends un peu dit la femme en touchant le bras de son mari, ce n'est peut-être qu'un malentendu.

– C'est ça ! C'est ça ! Mon infirmière vient d'arriver et elle m'a dit qu'il n'y avait aucune remplaçante. Quelles explications avez-vous à me donner, dit-il l'air menaçant.

Elles se lèvent rapidement et enfilent leurs chaussures puisqu'elles ne se sont pas déshabillées.

– Descendez à la cuisine et plus vite que ça, ajoute-t-il en les poussant avec le canon du fusil.

Sans opposer de résistance, elles descendent promptement tandis que Marie les suit et l'homme plus lentement.

À la cuisine une femme d'âge mûr les attend, c'est Jo, l'infirmière qui les dévisage méchamment.

Celle-ci déclare aussitôt :

– Je n'ai jamais vu ces personnes, je ne les connais pas et vous dites que l'une vous a fait la piqûre à ma place ?

– Oui, c'est moi, répond Pauline, car je suis effectivement infirmière.

À ce moment, Florence, consternée, émue, aperçoit l'œil au beurre noir de son amie et comprend la raison du port des lunettes qu'elle n'a pas eu le temps de mettre.

– Nous allons tout vous raconter, vous comprendrez que nous ne sommes pas de méchantes personnes.

Florence fait le récit de leur odyssée depuis l'aéroport jusqu'à cette maison sans omettre aucun détail. Pauline ajoute :

– Nous voulions juste avoir un renseignement sur notre localisation en frappant à votre porte. Lorsque vous avez dit « on vous attendait », nous n'avons pas voulu vous détromper et puisque vous attendiez l'infirmière pour une piqûre, je vous l'ai faite. Il n'y a pas de mal à cela.

Florence prend la parole à son tour :

– Ce n'est pas de notre faute si la dépanneuse a emporté notre voiture à la place de la vôtre.

L'homme, toujours pas convaincu, grogne :

– Je veux que vous sortiez de chez moi. Vous nous avez trompés moi et ma femme.

– Comment veux-tu qu'elles repartent, à pied dans la nuit et le froid ? Louis, tu n'es pas raisonnable, je ne te reconnais plus. Tu es un homme bon habituellement. Tu ne vas pas les mettre dehors par un temps pareil, ce n'est pas l'attitude que l'on attend d'un bon chrétien comme toi.

– Arrête tes discours, femme, tu m'ennuies. C'est moi le maître ici et c'est moi qui décide.

Il se tourne vers son infirmière et lui demande :

– Jo, que feriez-vous à ma place ?

– Votre épouse a raison, vous n'allez pas les mettre dehors comme des chiens, un peu d'humanité ! Mais j'ai une autre solution.

– Laquelle ?

– Je vais conduire ces jeunes dames chez le garagiste, car il serait bon qu'elles puissent récupérer leur voiture pour rentrer chez elles.

– Merci Jo, pour cette bonne initiative, dit Marie, il faut qu'elles rentrent chez elles à présent.

– Bon, dit Paul en déposant son fusil contre le buffet, je n'appellerai pas les gendarmes.

– Comment ferais-tu, le téléphone est coupé, dit Marie malicieusement.

L'homme bredouille des mots inaudibles dans sa moustache grise.

– Bon, excusez-moi si je me suis montré un peu rude. À force d'entendre les médias raconter qu'il faut être prudent, de ne pas ouvrir sa porte à n'importe qui, on devient méfiants chez nous à la campagne.

– Puisque la situation est claire, puis-je remonter dans la chambre pour chercher mes lunettes, demande Pauline.

– Bien sûr, bien sûr.

Elle ne se fait pas prier et revient les lunettes noires sur les yeux en espérant que son œil sera passé inaperçu.

– Encore une tasse de café pour reprendre la route ?

– Non, dit Jo, nous devons partir en espérant que le garagiste ne sera pas encore couché.

Chapitre 6

Le garagiste

Pauline et Florence montent dans la voiture de l'infirmière l'une à l'avant et l'autre à l'arrière. Le temps est toujours aussi exécrable ; la pluie s'est remise à tomber après une accalmie et le vent souffle encore avec violence.

– C'est la première fois que nous voyons un temps pareil à cette saison, dit l'infirmière, pour rompre le silence.

– Oui en effet et si nous n'avions pas été obligées de suivre des déviations pour cause de travaux nous serions chez nous depuis longtemps. Je ne me suis jamais aventurée dans cette partie du département. Je n'emprunte habituellement que les voies rapides ou les routes nationales.

– Vous aurez fait l'exploration du pays.

– Nous nous en serions bien passées, car maintenant il nous tarde de rentrer chez nous. Vous savez où se trouve exactement le garagiste ?

– Il n'y en a qu'un au village donc on ne peut pas se tromper. Espérons qu'il ne sera pas couché.

– Ou que nous pourrons le réveiller, ajoute Pauline.

Au bout de quatre kilomètres, les lumières du village s'aperçoivent. Ce n'est qu'un tout petit village avec une épicerie, un café, l'église et la mairie. Les rues sont désertes par ce mauvais temps. La voiture stoppe devant l'enseigne du « Garage Petit » devant lequel plusieurs véhicules sont garés. Elles descendent et s'approchent du portail vitré.

– Attendez, dit l'infirmière, je vais éclairer l'intérieur avec la torche de mon portable.

– Bonne idée !

Dans la pénombre du garage, elles aperçoivent la dépanneuse sur laquelle se trouve encore leur véhicule.

– C'est elle ! C'est ma voiture, dit Florence, joyeuse.

– Il faut que je vous laisse, dit l'infirmière, car je n'ai pas fini ma tournée, j'ai une autre visite urgente à faire.

– Bien sûr nous comprenons, vous avez déjà fait beaucoup en nous accompagnant jusqu'ici. Nous vous remercions infiniment de votre gentillesse.

– La lumière est allumée à l'étage donc il n'est pas encore couché, bonne chance pour la suite.

Et la voiture démarre les laissant seules sur le trottoir devant le portail du garage.

Dès que la voiture de l'infirmière a démarré, Florence pose la question qui lui brûle les lèvres :

– Qu'est-ce que tu as à l'œil ?

– Ne me parle pas de ça !

– Pourquoi ? Je vois bien qu'il s'est passé quelque chose de grave et que tu ne t'es pas pris une porte.

– Bon, puisque tu veux tout savoir, je me suis disputée avec mon ex et il en est venu aux coups.

– C'est pour ça que tu es partie, pour faire un break ?

– Il faut dire que nous avons eu une altercation violente.

– Donc ta séparation est récente ?

– Elle ne date que de quelques jours.

– Et pourquoi en est-il venu aux coups ?

– Parce que c'est un macho et ne supporte pas que je reprenne ma liberté.

– Il croit qu'il va te reconquérir en te frappant ?

– C'est un abruti, il n'y a pas de discussion possible avec cet individu, mais je préfère que nous en restions là. Essayons plutôt d'attirer l'attention du garagiste pour récupérer ta voiture si nous voulons repartir.

– Tu as raison.

Elles cherchent en vain une porte d'entrée et une sonnerie. Elles n'ont plus qu'à frapper sur le portail pour alerter le garagiste, mais le bruit provoqué par leurs mains est trop faible.

– Prenons un caillou.

– Il n'est pas facile d'en trouver dans l'obscurité.

Enfin, à l'aide d'un morceau de bois, elles font entendre un son plus audible, mais cependant étouffé par les rafales de vent. Elles ont beau persister, rien ne bouge à l'intérieur.

– Est-ce que quelqu'un va nous entendre ? dit Pauline désespérée.

Elles sont frigorifiées et le désespoir s'empare d'elles si près du but. Pauline se risque à lancer le morceau de bois contre le volet de la fenêtre éclairée, mais elle rate sa cible et risque de le voir retomber sur sa tête.

– Il doit y avoir un moyen de pénétrer à l'intérieur, faisons le tour du bâtiment.

À tâtons, dans le noir, tâchant de deviner où elles mettent les pieds, leur tentative est récompensée, il y a effectivement une autre issue. Par-derrière, une porte s'ouvre dans l'obscurité.

– Ah ! Si j'avais mon portable pour m'éclairer !

– Tu as déchargé la batterie en lisant tes messages, fait remarquer Florence, mais Pauline n'a heureusement pas entendu cette remarque acerbe.

Dans la pénombre, elles devinent l'escalier qui monte à l'étage.

– Nous allons frapper à la porte et on verra bien.

À mesure qu'elles montent, en se tenant à la rampe métallique, des bruits de musique leur parviennent.

– Il écoutait de la musique voilà pourquoi il ne nous entendait pas.

Elles frappent à la porte, mais personne ne répond. Florence l'entrouvre. Elle donne sur une pièce à la lumière tamisée ou une dizaine de jeunes gens se trémoussent au son d'accords bien rythmés. Surprises, elles se regardent et se mettent à rire. Quand leur tête apparaît dans l'entrebâillement de la porte, un jeune homme près de l'entrée leur dit :

– Allez, venez faire la fête avec nous ! Plus on est de fous, plus on rit !

Et les voilà, malgré leur résistance, propulsées dans la pièce au milieu des danseurs plus ou moins éméchés qui ne font pas attention à elles.

– On cherche le garagiste, crie Florence tâchant de dominer le bruit.

– Le garagiste à cette heure ?

– Oui, le garagiste. Où est-il ?

– Je crois qu'il est trop occupé en ce moment pour vous répondre.

– Où est-il ? insiste Pauline, c'est pour une affaire urgente.

Le jeune homme désigne un couple du doigt.

– Tenez, il est dans le canapé avec sa copine, ce n'est pas le moment de le déranger.

En effet, ils s'étreignent et s'embrassent à pleine bouche. Cependant, se sentant observé, il aperçoit les deux étrangères. Repoussant sa partenaire, il se lève, la chemise ouverte sur son thorax, les cheveux en bataille et demande :

— Qui êtes-vous ? Vous ne faites pas partie des invités.

— Nous cherchons le garagiste.

— C'est moi le garagiste, que me voulez-vous ?

— Pourrions-nous vous parler dans un lieu moins bruyant ? dit Florence.

— Venez dans la cuisine et finissons-en, dit-il, l'air impatient de rejoindre son canapé.

— Voilà ce qui nous amène chez vous. Il y a environ une heure ou deux, vous vous êtes rendu dans la cour d'une maison avec votre dépanneuse.

— C'est exact, chez Paul et Marie et alors en quoi cela vous concerne ?

— Par erreur, vous avez chargé ma voiture sur la remorque de votre dépanneuse.

— Pas possible ! Je me serais trompé de voiture ?

— La voiture en panne était dans le garage. La mienne était dans la cour, elle est rouge.

— C'est incroyable ! L'obscurité m'aura induit en erreur. Et puis j'étais pressé j'avais organisé une petite sauterie à l'occasion de mon anniversaire, je voulais être à l'heure pour recevoir les invités. Acceptez toutes mes excuses pour la confusion.

— Étienne ! Étienne ! appelle-t-on de tous côtés.

– C'est bon, c'est bon j'arrive.

– Vous êtes sûres qu'il s'agit de votre voiture ?

– Sûres et certaines, vous pouvez vérifier, le sac, sur le siège arrière, contient la carte grise de la voiture, mes papiers d'identité et mon portable.

– Nous allons voir ça, déclare-t-il d'une voix empreinte de jovialité, alors qu'un sourire illumine son visage. Un moment de pause s'impose avant de rejoindre sa copine. Mais il ne peut résister à l'appel de ses invités.

– Attendez un peu, car je dois souffler les bougies de mon gâteau d'anniversaire. J'ai trente ans aujourd'hui et j'ai voulu partager ce moment de réjouissances avec quelques amis…

– Bon anniversaire ! crie familièrement Pauline en lui sautant au cou.

Il ne s'attendait pas à autant de familiarité et poursuit :

– Vous avez de la chance de m'avoir trouvé, admet-il avec un brin de malice. Venez danser en attendant, propose-t-il, en leur ouvrant ainsi les portes de la légèreté dans cette soirée ponctuée d'imprévus, vous n'êtes pas pressées.

Dans l'ombre de leur épuisement, les voyageuses fatiguées racontent leur saga de l'errance. Leurs pas les avaient guidées depuis l'aéroport, à travers les détours d'une route altérée par les caprices des travaux. Les obstacles semblaient s'accumuler sur leur chemin, laissant un goût amer dans leurs cœurs déjà alourdis par les épreuves de la nuit.

– Un peu pressées quand même, répond Florence avec un mélange de résignation et de frustration.

– Pourquoi ne pas nous amuser un peu ? insiste Pauline, sa voix teintée d'une lueur d'espoir, par cette invitation qui ferait oublier un instant leurs tracas.

Étienne, comprenant le désir caché derrière ses mots, les encourage.

– Un verre de sangria vous remontera le moral, propose-t-il, offrant ainsi un élixir de réconfort dans ce voyage tumultueux.

– D'accord, accepte Florence avec une réticence à peine dissimulée.

Elle ne peut refuser cette main tendue. Cependant, son esprit est déjà ailleurs, tiraillé par les soucis laissés en suspens et les préoccupations qui persistent malgré la tentative d'évasion proposée.

Pauline est entraînée par Étienne au milieu des danseurs et se tortille au son de rythmes endiablés sous les yeux médusés de Florence. Étienne semble ravi, mais sa joie n'est pas partagée par sa copine Edwige qui lance des regards trahissant sa haine face à cette scène improvisée. Une confrontation semble inévitable. La musique s'arrête et en l'apercevant Étienne lui crie :

– Sers à boire aux nouvelles !

– Qui sont ces filles ? demande-t-elle avec un soupçon d'inquiétude perçant à travers son masque d'indifférence.

– Rien qui te concerne !

Mais cette réponse vague ne suffit pas à apaiser ses doutes et ses yeux, chargés de méfiance, se posent avec une intensité accusatrice sur les étrangères qui osent s'immiscer dans leur univers.

Elle s'exécute malgré elle en faisant déborder le verre de Florence tandis que Pauline lui crie :

– Tu ne peux pas faire attention !

– Servez-vous vous-mêmes si vous n'êtes pas contentes, avec une fermeté teintée d'agacement, personne ne vous a invitées que je sache !

Ces mots résonnent comme un couperet qui perturbe l'atmosphère ambiante.

Et elle laisse tomber la louche dans le récipient en éclaboussant les jeunes à proximité.

– Du calme, Edwige, du calme. Quelle mouche te pique ?

– Ce sont-elles ! D'abord, que font-elles ici ? Qui les a invitées ?

Le ton monte dangereusement si bien qu'Étienne doit intervenir.

– C'est bon ! Allons au garage immédiatement, c'est préférable pour éviter les histoires.

– Pourquoi faire ? Interroge Edwige, courroucée.

– Cela ne te regarde pas. Reste ici.

– Je veux voir ce que tu vas faire avec ces pouffiasses.

– Parle sur un autre ton, veux-tu ! Je suis ici chez moi et j'invite qui je veux.

– Ah ! Tu les as invitées, avoue, avoue, dit-elle en lui martelant le bras de coups de poing.

Il la repousse violemment :

– Tiens-toi tranquille ou je te fous dehors. Tu es ivre !

Son ton qui n'admet pas de réplique semble calmer Edwige qui retourne sur le divan en appelant Christophe.

– C'est ça ! Console-toi avec Christophe en tout cas avec moi c'est fini !

Puis s'adressant à Florence et Pauline, il dit :

– Excusez-la, elle ne sait plus ce qu'elle dit, elle a un coup dans le nez. Suivez-moi et racontez-moi tout.

Florence prend la parole et explique :

– Nous nous sommes arrêtées près d'une maison pour demander où nous étions et pendant ce temps, vous avez emporté par mégarde notre voiture à la place de celle des habitants qui vous avaient commandé de venir.

– Donc c'est votre voiture qui est sur la dépanneuse actuellement, la rouge ?

– Oui c'est la nôtre, répond Pauline fatiguée de répéter toujours la même chose. À l'intérieur vous trouverez le sac de Florence avec les papiers du véhicule, ses pièces d'identité et ma valise bleue.

– Je vous crois sur parole. Il faut que j'ouvre le portail pour décharger la voiture. Ce ne sera pas long.

L'espoir renaît chez les jeunes femmes, assistant à la manœuvre qui va leur rendre la liberté de continuer leur route. Bientôt la voiture se trouve dans la rue prête à partir. Pour montrer leur bonne foi, Florence dit au garagiste :

– Prenez mon sac où vous trouverez mes papiers.

– Pas de problème, j'ai confiance, car vous ne seriez pas venues dans cette nuit glaciale pour me trouver. Vous n'avez qu'à suivre cette direction et au bout de 30 minutes vous devriez retrouver la voie rapide et rentrer chez vous. Je vous souhaite bonne route.

– Merci disent-elles en chœur et Florence démarre en disant « tout finit bien ».

– On aurait pu rester davantage et danser plus longtemps, dit Pauline avec regret.

– Si tu veux, on y retourne, dit Florence pour la taquiner.

Étienne referme le portail et Pauline remarque, derrière lui, Edwige descendue pour l'espionner. Cela la fait rire.

Chapitre 7

L'accident

Satisfaites d'une aventure qui se termine bien, elles se mettent à chanter « On est les champions ! On est les champions ! » La joie illumine leur visage, elles font plaisir à voir.

– Jusqu'à présent, malgré les obstacles rencontrés, la chance nous a souri. D'abord le tronc d'arbre en travers de la route, les hommes à la tronçonneuse, l'infirmière, le garagiste...

– Pourvu que ça dure !

– Nous devrions bientôt atteindre la voie rapide d'après les indications du garagiste.

– Nous sommes dans une région très boisée, voilà que la forêt reprend.

– La tempête semble se calmer peu à peu, tant mieux, nous roulerons plus vite.

– Et si nous mettions la radio pour écouter de la musique ?

– Cherche une station, dit Florence. À présent que j'ai vu ton œil, tu peux ôter tes lunettes noires.

– Bonne idée, je les range dans ta boîte à gants.

Elle trouve une station qui diffuse des chansons françaises qu'elles connaissent et chantent en chœur. Elles font les folles.

– Tu te souviens de notre participation au radio-crochet un soir de fête ?

– Tu avais gagné la coupe.

– Toi tu avais gagné l'épreuve de la course au sac !

– Que de bons souvenirs ! On savait s'amuser en ce temps-là.

Puis le silence se fait laissant leur esprit remonter dans leur commun passé.

Mais tout se déroulait trop bien et l'espoir d'arriver bientôt qui emplissait leur cœur est anéanti.

Soudain des gyrophares sur la route attirent leur attention. Un policier leur fait signe de s'arrêter. L'ambulance des pompiers, une voiture de police sont garées sur le bas-côté tandis que la route est coupée par une voiture noire qui repose sur le toit.

À travers le rideau de pluie, les passagères tentent de regarder et soudain Pauline remarque :

– On dirait la voiture qui nous a doublées à vive allure.

– Tu crois ?

– Oui, je la reconnais aux vitres teintées.

– Tu as raison. Cet accident ne m'étonne guère, le conducteur roulait dangereusement sur cette route mouillée. Il aura raté son virage et fait des tonneaux pour atterrir sur le toit.

– Ils ont dû avoir très peur.

– C'est encore heureux que nous n'ayons pas été les premières, témoins de l'accident, car nous n'aurions pas pu appeler les secours sans téléphone portable et sans connaître le lieu où nous sommes.

– La route ne sera dégagée qu'à l'arrivée de la dépanneuse, ajoute l'agent, il vous faudra patienter.

– Si c'est le garagiste que nous venons de quitter, il ne va pas être content d'abandonner ses potes et sa copine Edwige.

Elles se mettent à rire.

– Il n'était pas mal, dit Pauline.

– Tu ne t'es pas privée de l'embrasser !

– C'était son anniversaire, c'est normal.

– Quelle dragueuse !

– Pourquoi dis-tu ça ?

– Je te connais bien de ce côté-là. Tu l'aurais dragué pour rendre Edwige jalouse. Ce genre de challenge te convient, tu veux toujours l'emporter sans crainte de créer la zizanie.

« C'est vrai, pense Pauline, elle me connaît bien. »

Pendant que des questions concernant l'accident envahissent les esprits, les pompiers se déploient avec une synchronisation impressionnante pour secourir le conducteur piégé dans les entrailles tordues de son véhicule. Leurs gestes sont empreints d'une précision chirurgicale alors qu'ils mettent en œuvre des manœuvres de désincarcération, méticuleusement coordonnées après avoir soigneusement balisé la zone à ne pas encombrer davantage.

Enfin, après un effort concerté, le conducteur est libéré de sa prison de métal, son corps meurtri soigneusement extrait de l'habitacle. Avec précaution, il est allongé sur une civière, son état paraissant précaire, prêt à être transporté vers l'ambulance qui attend pour le prendre en charge. Pendant ce temps, le passager, miraculeusement indemne, émerge de l'épave de manière autonome. Cependant, sa démarche incertaine trahit l'impact émotionnel de l'accident. Un pompier compatissant lui offre son soutien, l'accompagnant pas à pas dans cette épreuve inattendue pour rejoindre l'ambulance.

Pendant ce temps, une file de voitures s'est formée derrière elles, leurs occupants pensant être seuls sur cette route isolée. Mais l'accident a brusquement interrompu leur solitude, les forçant à patienter, témoins involontaires de cette scène dramatique qui se joue devant leurs yeux.

Après une attente plus ou moins tendue, l'agent de la circulation finit par faire signe, indiquant que la voie est à nouveau praticable. Les voitures reprennent leur progression, d'abord à pas mesurés, puis avec une accélération graduelle, s'échappant bientôt du champ de vision de l'agent de police, en laissant derrière elles le chaos temporaire de l'accident.

Chapitre 8

On repart

Les voilà à nouveau en mouvement, parcourant la route qui serpente encore à travers les profondeurs mystérieuses de la forêt. Le souffle du vent semble s'être apaisé, ne laissant plus planer la menace d'un arbre déraciné prêt à chuter. La pluie persiste, mais ses assauts sont désormais moins furieux qu'au début de la tempête, offrant un répit bienvenu. Si le cours des événements continue ainsi, elles devraient bientôt rejoindre la voie rapide, où l'asphalte lisse promet un voyage plus paisible.

Soudain, à la lueur vacillante des phares, Florence distingue une étrange silhouette sur la route : un imposant tuyau noir s'étendant tel un serpent, barre toute la largeur de la route. Ce n'est point un ralentisseur ordinaire, ni un compteur pour connaître le nombre de passages de voitures.

« Pourquoi diable un tuyau en cet endroit ? Est-ce à cause de la pluie pour éviter l'inondation de la route ? » s'interroge-t-elle, son esprit oscillant entre perplexité et irritation. « C'est un désastre en puissance pour mes amortisseurs !

Ils auraient au moins pu placer un panneau pour avertir de cet obstacle. Quelle négligence ! »

Pendant ce temps, Pauline se laisse bercer par les notes de musique, en suit le rythme en secouant la tête, les paupières closes comme des rideaux qui cachent le monde extérieur. Elle se laisse emporter, son esprit plongeant dans les méandres de la mélodie, ignorant les aléas de la route qui serpente à travers une forêt dense et sans fin.

La lassitude de cette voie sinueuse et pleine d'embûches enveloppe Florence, l'entraînant par intermittence dans un état proche du sommeil. Par moment, elle laisse ses paupières s'abaisser, luttant contre le poids de la fatigue qui lui pèse. C'est alors, dans un instant fugace, qu'elle croit voir, à la sortie d'un virage, la forme imposante d'un lion se dessiner près du fossé. Son regard, presque incrédule, rencontre celui de l'animal qui semble la fixer avec étonnement. Son esprit, engourdi par l'épuisement, peine à saisir cette vision surréaliste. Elle cligne des yeux, espérant dissiper cette illusion insolite, se murmurant à elle-même dans un mélange d'amusement et d'incompréhension : « Vraiment, ma vue me joue des tours ! Un lion ! Comme si des éléphants roses ne suffisaient pas ! Je n'ai pourtant pas fumé d'herbe ! »

Anéantie, elle décide de ne rien dire à Pauline de cette vision. Elle ne manquerait pas de se moquer d'elle.

Elle continue son chemin, essayant de calmer les battements effrénés de son cœur. Pourtant, l'extraordinaire rencontre avec le lion majestueux l'obsède, comme si son esprit refusait de laisser filer cette image saisissante. Du félin, imposant et redoutable, semblait émaner une aura mystique, presque surnaturelle, qui avait captivé son regard et ensorcelé son esprit. Est-ce un bon ou un mauvais présage ? Ce n'était pas un chat noir heureusement, et cela la fait sourire.

Le souffle court, elle se remémore chaque détail de cette rencontre improbable. Mais ce n'est pas tout, tandis que l'image du lion s'efface peu à peu, c'est celle d'un tigre qui apparaît traversant la route. Ses yeux brillent dans la nuit, reflétant la lumière des phares telle une étoile fugace dans l'obscurité. La perfection de ses mouvements, fluides et puissants, défie les lois de la nature avec une aisance déconcertante. Malgré la réalité tangible de cette image, le doute s'insinue sournoisement dans son esprit.

« Était-ce réellement un tigre ? » se demande-t-elle, une pointe de scepticisme teintant ses pensées. Mais au fond d'elle-même, elle sait que cette vision était bien plus qu'une simple illusion. Ces rencontres insolites l'intriguent autant qu'elles la perturbent. Elle se surprend à se demander si ces apparitions sont le fruit de son imagination débordante ou bien des signes d'un monde mystique qui se dévoile à elle.

Mais elle chasse rapidement ces pensées de son esprit. Consciente que son récit pourrait sembler absurde aux yeux de Pauline, elle préfère garder le silence sur ces apparitions, les enfouir au plus profond d'elle-même, plutôt que de risquer le ridicule et l'incompréhension de son amie.

Alors qu'elle approche d'un endroit propice pour faire une pause, elle décide qu'il est préférable de s'arrêter. Elle repère un lieu sous un arbre accueillant, où elle pourra apaiser son esprit et se ressourcer avant de reprendre la route.

– Pourquoi t'arrêtes-tu ? l'interroge Pauline, intriguée par cette halte soudaine.

– J'ai juste besoin d'une pause, mes yeux sont fatigués, répond-elle d'une voix calme, dissimulant habilement son trouble.

– Je peux prendre le volant si tu veux, propose Pauline, prête à lui rendre service.

– Non, quelques minutes de repos et je serai prête à repartir, assure-t-elle, déterminée à garder le contrôle de la situation.

Alors que Pauline éteint la musique et que la nuit enveloppe la voiture dans son manteau sombre, Florence pose sa tête sur le volant, cherchant le réconfort du silence pour faire le point. Elle sait qu'elle doit se débarrasser de ses doutes et de ses craintes avant de continuer, mais elle sait aussi que certaines visions sont trop précieuses pour être partagées avec le monde extérieur. Et dans cet instant de solitude, elle se promet de garder ces rencontres magiques pour elle-même, comme un trésor secret niché au plus profond de son âme.

Chapitre 9
Le gorille

La nuit enveloppe la voiture dans son obscurité apaisante, et Pauline, inclinant son siège vers l'arrière, ferme les yeux dans l'espoir de recharger ses batteries épuisées. Florence se joint à elle dans ce moment de tranquillité, laissant leurs respirations calmes rythmer le silence de l'habitacle. À l'extérieur, le monde semble endormi, la silhouette de leur véhicule se fondant dans l'ombre nocturne sous le ciel dépourvu de lune. Mais dans cette quiétude apparente, un frémissement de branches brisées rompt soudain le calme et un murmure inquiétant éveille leurs sens en alertes.

C'est Pauline qui ouvre les yeux en premier, surprise par le bruit inattendu. Un cri involontaire s'échappe de ses lèvres, interrompant le silence et réveillant Florence en sursaut.

– Que se passe-t-il ? demande cette dernière, le cœur battant à tout rompre dans sa poitrine.

Du côté passager, une immense tête sombre, inquiétante, s'appuie contre la vitre, en écrasant son nez aux narines démesurées. Elle scrute l'intérieur de la voiture de ses petits yeux brillants. Un frisson d'effroi mêlé d'étonnement parcourt les deux femmes alors qu'elles réalisent avec horreur qu'il s'agit d'un gorille colossal. Sa présence imposante les submerge de terreur.

Elles se pressent l'une contre l'autre, pétrifiées, espérant que leur immobilité calmera la bête curieuse. « Cette fois ce ne sont pas des hallucinations puisque nous voyons la même chose », pense Florence.

– Ne bougeons pas, murmure Pauline d'une voix tremblante, il finira par s'en aller.

Mais le gorille, bien décidé à satisfaire sa curiosité, ne semble pas disposé à obéir. Avec une force impressionnante, il pousse la voiture, la faisant osciller sur ses roues. À l'intérieur, les deux femmes sont secouées dans tous les sens, leur peur montant en flèche.

– Il va renverser la voiture ! Attention ! s'écrie Florence, la panique teintant sa voix.

– Il faut partir, murmure Pauline avec urgence. Klaxonne pour le faire fuir, et démarre vite !

Effrayé par le bruit strident du klaxon, le gorille, d'abord surpris, se met en colère, arrachant un essuie-glace de ses mains poilues alors que la voiture démarre en trombe. Dans sa furie impuissante, le rétroviseur est prêt à subir le même sort alors que le véhicule lui échappe en s'éloignant rapidement.

Une fois hors de danger, Florence ralentit pour jeter un dernier regard en arrière. Le gorille, dans un accès de rage, bat sa poitrine de ses puissantes mains. Sa silhouette imposante dans l'obscurité de la nuit qui provoque leur fuite précipitée restera une rencontre, aussi terrifiante qu'inoubliable.

– Roule, mais roule, il est capable de nous rattraper, dit Pauline. Mais que faisait ce singe sur la route ? C'est insensé ! Était-il réel ou avons-nous été victimes d'une hallucination collective.

– À mon avis il était là en chair et en os.

– Qu'est-ce qui te fait dire ça ?

Quand l'animal a disparu dans le rétroviseur, Florence avoue :

– Je ne t'ai pas tout dit. Avant de faire un arrêt, figure-toi que j'avais déjà aperçu un lion sur le bas-côté puis un tigre.

– Pourquoi ne m'as-tu rien dit ?

– Tu ne m'aurais pas crue, en pensant que je divaguais.

– C'est fort possible. Mais que font ces animaux en liberté sur les routes de France ?

– Nous allons bientôt le savoir, regarde !

Dans la lueur des phares, un groupe d'hommes en gilets fluo leur barre la route.

– Baissez vos phares, coupez le contact. D'où venez-vous ? interroge l'un d'eux.

– Du village voisin.

– Vous n'avez rien remarqué d'insolite ?

Les filles se regardent l'air interrogateur.

– Parlez, je sens que vous avez vu quelque chose.

– Oui, mais vous n'allez pas nous croire.

– Dites toujours.

– J'ai vu un lion et un tigre sur la route.

– Et un gorille, ajoute Pauline, il a même arraché un essuie-glace. Il a failli aussi renverser la voiture, nous nous étions arrêtées sous un arbre afin de prendre un peu de repos.

Les hommes semblent satisfaits.

– Et c'était loin d'ici ?

– Non à peine un à deux kilomètres.

– Vous avez eu de la chance qu'ils ne vous aient pas attaquées, ce sont des animaux dangereux qui n'obéissent qu'à leur dompteur et encore …

Pouvez-vous ouvrir le coffre du véhicule ?

– Volontiers, mais pourquoi ?

– Pour voir si vous ne transportez pas d'arme. Ces animaux appartiennent à un cirque qui devait donner une représentation samedi soir, mais, une personne malveillante ou un membre de la société protectrice des animaux de cirque a ouvert les cages pour les libérer sans penser aux conséquences désastreuses de son geste sur l'environnement et puis, un jeune lionceau a disparu, une proie facile à capturer pour être revendue très cher.

– Vous ne croyez tout de même pas…

– Nous ne faisons confiance en personne.

Florence descend et s'exécute :

– Vérifiez vous-même, il n'y a pas d'arme ni de lionceau.

– C'est bon vous pouvez repartir, mais soyez prudentes, un python de six mètres de long se balade dans les parages.

– C'est le gros tuyau sur lequel j'ai roulé il y a une dizaine de minutes.

– Vous l'avez écrasé, malheureuse !

– J'ai cru qu'il s'agissait d'un gros tuyau, non signalé, il fallait bien que je passe.

Comment aurais-je pu deviner qu'il s'agissait d'un python.

L'homme exaspéré lui fait signe de rouler.

À ce moment, la tête du tigre apparaît entre les arbres, Florence s'écrie en la montrant du doigt :

– Tenez, le voilà !

– Stoppez le moteur et restez dans la voiture. Il s'agit d'une opération délicate.

Aussitôt les hommes pointent leur fusil dans la direction du fauve. Les deux femmes anxieuses assistent à la scène.

– Ils ne vont tout de même pas le tuer ?

– Mais non, lui injecter un somnifère pour le capturer facilement.

Après un premier tir, voilà l'animal qui s'allonge mollement sur le goudron. Aussitôt les hommes arrivent pour l'envelopper dans un filet et tirent l'animal sur le côté pour laisser passer la voiture.

– Pauline, curieuse passe la tête par la portière et demande :

– Qu'allez-vous en faire ?

– Le restituer au propriétaire du cirque bien sûr. À présent vous pouvez repartir, mais attention, car d'autres fauves se baladent dans la nature, ne vous arrêtez pas.

– Vous plaisantez !

– Ai-je l'air de plaisanter ?

En attendant le signal pour repartir, Pauline dit à Florence :

– Rien ne nous aura été épargné durant cette soirée, même l'évasion des animaux de cirque. Tu avoueras que ce n'est pas courant !

– Il a fallu que ça tombe sur nous ! Qui va réparer mon essuie-glace à présent ? Je ne pourrai pas faire marcher l'assurance ? Qui croirait qu'un gorille l'a arraché ?

– Ne t'inquiète pas, dit Pauline compatissante, ce n'est pas un gros dégât cela aurait pu être pire. Imagine qu'il ait cassé le pare-brise et soit rentré dans la voiture, nous aurions été bien embêtées.

– Tu as raison de positiver.

– Alors à présent que nous réserve cette route ? Les circonstances ne sont pas favorables à notre retour chez toi. Heureusement, personne ne nous attend. Tu n'es pas trop fatiguée ?

– Qu'importe la fatigue ! Il est minuit passé, nous ne sommes plus très loin de la voie rapide. Demain nous dormirons tout notre saoul.

Pauline ajoute :

– C'est tout de même curieux, on dirait que tu as orchestré toutes ces péripéties pour rendre le retour moins monotone, car tout se passe exactement comme dans tes romans où l'imprévu se manifeste à chaque page.

– Je voudrais bien être l'instigatrice de ces événements et y mettre fin à volonté. Hélas, je n'y suis pour rien, c'est le hasard qu'il faut accuser. Tu te rends compte, il paraît que nous avons roulé sur un python sans le savoir ! Et moi qui croyais que c'était un tuyau.

Elles éclatent de rire.

– Il était bien long !

– Il tenait toute la largeur de la route, on ne voyait ni sa tête ni sa queue qui étaient dans le fossé. Un sacré reptile !

À présent que l'épreuve est terminée, elles se sentent rassurées, mais circonspectes et Pauline remet la radio en marche quand l'un des hommes frappe à sa vitre.

Chapitre 10
Jacques

– Où allez-vous à présent ?

Florence lui donne le nom de la destination.

– Est-ce que vous auriez une place pour moi ?

– Oui pas de problème, poussez mon sac.

Et l'homme s'installe à l'arrière.

– C'est dangereux de se promener la nuit surtout par une pareille tempête.

– Nous nous serions bien passées de cette sortie, répond Florence, mais il fallait que j'aille chercher mon amie à l'aéroport.

– Vous avez eu de la chance que l'avion puisse atterrir, car lors de la dernière tempête l'orage avait foudroyé la tour de contrôle en interrompant le trafic durant trois jours.

– Ne me parlez pas de malheur nous avons eu suffisamment d'épreuves depuis que nous avons quitté l'aéroport.

– Racontez-moi tout.

Par cette nuit sans étoiles, Florence fait le récit des événements tumultueux qui les ont menées jusqu'à ce moment précis pour retarder leur avance. Elles avaient d'abord été prises en chasse par un automobiliste leur signalant le plaid coincé dans la portière, comme si le tissu lui-même avait décidé de faire partie intégrante de leur aventure nocturne. Mais ce n'était là que le début d'une série d'événements rocambolesques qui allaient transformer un simple retour chez Florence en une odyssée inattendue. Une déviation sur la route les avait entraînées dans un labyrinthe de chemins sinueux, semant la confusion dans leur esprit. Finalement, elles avaient trouvé refuge dans une maison mystérieuse, dont l'aura étrange semblait attirer les voyageurs égarés comme un phare dans la nuit. C'est là que le destin avait décidé de leur jouer un tour cruel : leur voiture avait été emportée par erreur par une dépanneuse, les laissant désemparées et déconcertées. Mais dans l'adversité, elles avaient découvert une lueur d'espoir : un garagiste au cœur généreux. Elles avaient réussi à récupérer leur précieux véhicule, transformant ainsi une simple erreur en une fête improvisée au rythme des bougies d'anniversaire.

Cependant, leur périple n'était pas encore terminé. Sur la route de retour, un accident imprévu avait bloqué leur chemin, les forçant à faire face à l'incertitude et à l'imprévisibilité de la nuit. Et alors qu'elles pensaient avoir tout vu, elles avaient été confrontées à une série d'animaux farfelus, dont les apparitions fantomatiques les avaient presque convaincues qu'elles avaient franchi les portes de la réalité pour entrer dans un monde fantastique.

Malgré ces épreuves, Florence ne peut s'empêcher de laisser échapper un soupir d'espoir.

– Après ces péripéties multiples et incroyables, vous croyez que nous allons enfin arriver chez moi ? demande-t-elle au policier avec une pointe d'incrédulité teintée d'espoir.

– C'est une nuit rocambolesque, mais soyez rassurées vous ne craignez rien avec moi, je serai votre ange gardien, je m'appelle Jacques, déclare-t-il avec un sourire bienveillant.

Le soulagement envahit les deux jeunes femmes, reconnaissantes de trouver un guide compatissant dans les méandres de cette nuit mouvementée. La présence rassurante de Jacques leur insuffle un nouvel espoir, transformant leurs inquiétudes en une confiance renouvelée dans le pouvoir de l'amitié et de l'aventure. Et ainsi, avec leur ange gardien à leurs côtés, elles reprennent la route, prêtes à affronter tous les défis que la nuit pourrait leur réserver, avec courage et détermination.

Chapitre 11

La radio

Dans l'habitacle feutré du véhicule, alors que la nuit enveloppe le paysage extérieur de ses mystères, la radio diffuse une mélodie douce et envoûtante, comme une berceuse céleste qui apaise les esprits des trois occupants. Ce murmure mélodieux susurre des promesses de repos et de quiétude favorables à l'endormissement.

Cependant, la voix de Florence trouble cet univers onirique. Ses paroles, chargées d'une sagesse empreinte de prévoyance, rompent le charme hypnotique de la musique :

– Change de station, celle-ci va nous endormir, et nous avons besoin d'être alertes pour atteindre notre destination en toute sécurité.

Ainsi, la mélodie des ondes se tait pour céder la place aux informations du monde extérieur, une réalité parfois bien moins apaisante que la musique. La voix du présentateur résonne, dévoilant un récit captivant, celui du cambriolage d'une bijouterie aux enjeux encore flous. Deux suspects, interpellés à l'aéroport, une fausse piste, rien de concret. Dans les ténèbres de la nuit, Florence ne perd pas une miette de cette intrigue policière pour un prochain roman.

Jacques, avec une confiance sereine, commente avec assurance :

– Nous finirons bien par les retrouver. Nous les retrouvons toujours.

Ses mots résonnent dans l'habitacle, empreints de détermination.

– Vous étiez au courant ?

– Bien sûr !

Florence réfléchit et se souvient des visages entrevus à l'aéroport et des hommes accidentés sur la route. « Ces faits ont-ils un lien avec le cambriolage ? » Ces souvenirs s'entrelacent, alimentent les flammes de sa curiosité. « Quelle coïncidence ! », s'exclame-t-elle, cherchant à percer le voile du mystère qui enveloppe ces événements.

Durant cet échange, Pauline cherche une station musicale. Mais Florence, avide de connaître la suite de ce récit énigmatique, réclame son droit à la vérité.

– Écoutons la suite !

Les informations se poursuivent, révélant des détails surprenants, comme les pièces d'un puzzle qui commencent à prendre forme.

Puis survient l'inattendu, un tournant dans cette histoire déjà captivante. Il s'agit de la mention d'une découverte fortuite, un sac abandonné dans l'enceinte de l'aéroport, renfermant des pièces d'identité du propriétaire et la carte grise de la voiture. À l'énoncé de celui-ci, le doute et l'anxiété s'immiscent dans l'esprit de Florence qui s'écrie :

– On dirait le numéro de ma voiture !

– C'est improbable, réplique Pauline, cherchant à apaiser les craintes naissantes.

– Oui, impossible, ajoute Jacques.

Un besoin irrépressible de vérification s'empare de Florence, une quête de certitude dans un océan d'incertitudes.

Ainsi, dans cette tension croissante, une décision s'impose : un arrêt imprévu, une pause nécessaire pour démêler les fils de cette énigme.

– Je fais un arrêt pour contrôler ma carte grise.

Pauline se tourne vers leur compagnon de route, sollicitant son aide pour résoudre ce mystère sans perdre davantage de temps.

– Pouvez-vous regarder dans le sac posé près de vous et sortir la carte grise du portefeuille pour en avoir le cœur net ?

– Si votre amie m'en donne l'autorisation.

– Oui, faites, ajoute Florence impatientée.

Dans l'éclat blafard du plafonnier, le sac attend, silencieux, porteur de la vérité. Et tandis que Florence, agacée l'exhorte à explorer son contenu, le silence plane dans l'habitacle, Florence et Pauline, muettes, dans l'attente de ce que va découvrir le policier.

Chapitre 12

La surprise

Dans une scène qui semble figée dans le temps, le policier, arborant un sourire en imaginant le contenu d'un sac féminin, entreprend d'en explorer l'intérieur. Sa main, tel un plongeur dans les abysses, s'aventure dans les profondeurs mystérieuses et cherche à tâtons. Soudain, sa main entre en contact avec un objet métallique, dont la froideur glaciale lui rappelle quelque chose de familier. Un frisson parcourt son échine, comme une onde de doute et d'appréhension. Un silence pesant s'installe, prolongeant les secondes en une éternité oppressante, tandis que Florence, impatiente et inquiète, rompt finalement le mutisme qui enveloppe la scène :

– Alors ? s'enquiert-elle d'une voix teintée d'anxiété. Où sont mes papiers ? Pouvez-vous lire le numéro du véhicule sur la carte grise ?

Face au silence obstiné du policier, elle tourne son regard inquiet vers lui, ne remarquant que trop tard la présence du revolver glissé entre ses doigts. La terreur l'envahit alors, dans un geste instinctif de survie, elle bloque brusquement les freins, faisant dévier la voiture vers la droite en évitant de justesse un arbre qui se dressait menaçant sur leur trajectoire. Dans l'esprit tourmenté de Florence, l'homme qui se fait passer pour un policier, se transforme en une silhouette menaçante, un autostoppeur dangereux, prêt à tout pour assouvir ses desseins sombres.

– Que fais-tu ? s'exclame Pauline, avec effroi. Tu es folle ! Sans la ceinture, ma tête aurait pu frapper le pare-brise.

Les mots se mêlent dans la bouche de Florence, dans un bégaiement chaotique :

– Regarde derrière !

Sans proférer de menaces, le policier interroge Florence d'une voix calme, mais empreinte d'autorité :

– Que fait cette arme dans votre sac ?

– Je n'ai jamais vu cette arme ! s'écrie-t-elle, paniquée. Elle ne m'appartient pas. C'est un coup monté, c'est vous qui venez de la mettre dans mon sac.

– Ne dites pas de bêtises et coupez le contact immédiatement ! ordonne-t-il sévèrement, tandis que le contenu du sac s'est répandu au sol sous le choc brutal de leur arrêt brusque.

Des pierres précieuses scintillent de mille éclats à la lumière du plafonnier, leur éclat évoquant celui des étoiles dans un ciel sans nuages. C'est un véritable trésor étalé sous leurs yeux ébahis : rivières de diamants, bracelets chatoyants, bagues étincelantes, broches scintillantes...

« Serait-ce le butin du braquage de la bijouterie ? » songe Jacques, son cœur battant la chamade dans sa poitrine. « Dans ce cas, quel coup de filet ! Le hasard fait parfois merveilleusement bien les choses. »

Florence et Pauline contemplent, émerveillées, cette profusion de diamants, s'exclamant avec une candeur non feinte devant tant de splendeur : « que c'est beau ! »

– Je ne m'attendais pas à mettre la main sur les cambrioleuses que l'on recherche depuis deux jours, lance le policier d'un ton grave.

– Nous sommes innocentes ! proteste Pauline, tremblante.

– Cela ne prend pas avec moi qui vous trouvais plutôt sympathiques. Il ne faut pas se fier aux apparences, je me méfierai la prochaine fois.

– Je vous assure… dit Florence suppliante…

– Voilà ce que contient votre sac : une arme et des bijoux volés, que vous faut-il de plus ! À présent, aidez-moi à les ramasser.

Elles s'exécutent en lançant des remarques admiratives : « quels beaux bijoux ! Ils doivent valoir une fortune. »

– Vous en connaissez parfaitement la valeur ! Ne faites pas semblant. J'ai été bien inspiré en montant dans votre voiture. Mon chef sera content.

Pauline a mis un solitaire à son doigt en le tournant à l'envers sous le regard réprobateur de Florence qui tente une explication :

– Votre accusation ne tient pas debout ! Vous parlez sans réfléchir ! C'est sûrement mon sac qui a été retrouvé avec mes papiers. Les personnes fréquentant l'aéroport ce soir avaient toutes reçu le même sac, distribué gracieusement par les hôtesses d'une agence de tourisme. Quelqu'un aura pris mon sac pour l'échanger avec le sien, et pourquoi pas les deux hommes assis près de moi à la cafétéria ?

– C'est trop facile ! Vous ne manquez pas d'imagination. Parti à la poursuite des animaux du cirque, je ne pensais pas rencontrer sur mon chemin deux voleuses doublées de menteuses.

– Mon amie est romancière, murmure Pauline.

– Tais-toi, il ne nous croira plus.

Jacques sort son téléphone pour mettre son supérieur au courant de sa capture. Celui-ci répond : « conduis-les au poste, nous allons tirer cette affaire au clair. »

– Je dois vous conduire au poste de police. Remontez dans la voiture. Vous, dit-il à Florence, reprenez le volant et suivez mes indications.

Pendant ce temps il a remis les bijoux dans leur sac de toile grise.

– Vous n'avez pas trouvé votre sac alourdi en reprenant votre voiture ?

– La joie de retrouver Pauline m'a empêchée de penser à ce détail.

Le ton du policier semble s'être adouci et son regard est moins sévère.

– Il s'agit d'un malentendu, dit Florence en pleurant, cette fois c'en est trop ses nerfs lâchent.

Ses larmes paraissent sincères, mais Jacques poursuit :

– Vous vous expliquerez là-bas.

– Nous vous avons déjà tout dit, ce n'est pas suffisant ?

Florence se souvient des deux hommes assis près d'elle à la cafétéria. « Il est possible qu'ils aient procédé à l'échange des sacs en se débarrassant du mien après en avoir vérifié le contenu et relevé mon adresse. Ils savent où récupérer leur butin et ils risquent de nous attendre chez moi. »

Elle tente de mettre le policier au courant de ses remarques, mais il répond :

– Gardez vos explications pour mon chef qui prendra votre déposition.

La voie rapide n'est plus très loin, il ne reste que vingt minutes de route pour arriver à destination.

Pauline soupire :

– Au lieu d'aller dormir chez toi, c'est au poste de police que nous allons passer la nuit, ce n'est pas commun !

– C'est probable, dit le policier en réprimant un sourire, il vous faudra une solide explication pour vous en sortir.

Chapitre 13

Explication

La ville s'étend invisible dans l'obscurité depuis que, par souci d'économie, les lampadaires publics sont éteints.

Le policier la guide parmi les rues qu'elle connaît bien.

– Bon, arrêtez-vous là !

L'enseigne du poste de police est allumée, la permanence étant assurée nuit et jour.

– Inutile de braquer l'arme sur moi, je n'ai pas l'intention de fuir, j'ai la conscience tranquille et j'ai foi en votre enquête qui ne manquera pas de nous innocenter en découvrant la vérité.

Pauline ajoute :

– Nous sommes d'honnêtes femmes victimes d'une aventure insensée.

– C'est bon, c'est bon, je vous crois depuis le début, vous n'avez pas l'allure d'une cambrioleuse, mais je dois agir selon la procédure.

Il fait le code d'ouverture de la porte et les invite à entrer, la pièce à conviction à la main. Au bureau le collègue de service les attend.

– Bonsoir Guy, je t'amène les deux suspectes, puis-je te parler en particulier un instant. Et s'adressant à Florence : attendez-moi là, je n'en ai pas pour longtemps.

Anxieuses, elles les entendent discuter à travers la porte du bureau, puis étouffer des éclats de rire.

– L'affaire prend une bonne tournure, murmure Pauline.

– Ils vont se rendre compte que nous sommes innocentes.

La porte s'ouvre à nouveau :

– Entrez nous allons prendre vos déclarations.

Inquiètes, elles s'assoient en face de Guy.

– J'ai appelé la police de l'aéroport qui confirme qu'un sac semblable à celui-ci a été déposé chez eux il y a quelques heures. Nous allons vérifier s'il s'agit bien de vos papiers. Déclinez votre nom, prénom, date de naissance, lieu de résidence.

Florence, sûre d'elle, répond à ces questions sans l'ombre d'une hésitation.

– Bon, à présent la voiture.

Avec assurance, Florence en donne la marque, le numéro d'immatriculation et la date de la première mise en circulation.

– Parfait. À présent pouvez-vous expliquer comment ce transfert de sac a pu se produire ?

– Bien sûr.

Florence lui raconte son arrêt à la cafeteria, la présence des deux hommes en costume cravate, leur interpellation par deux agents à l'aéroport et leur sac identique au sien.

– Ils ont fait l'échange des sacs quand vous étiez en train de boire votre café, ça ne fait aucun doute. Ils se sentaient suivis. À présent, ils connaissent votre voiture et votre adresse, il faut vous attendre à les voir débarquer chez vous pour récupérer leur butin.

– Alors, nous sommes en danger ! disent-elles en chœur.

– Bravo Jacques ! On t'envoie en mission pour récupérer les fauves d'un cirque et tu reviens avec les bijoux du braquage de la bijouterie. Joli coup de filet !

– Qu'allons-nous faire ? se lamente Pauline.

– Pas d'inquiétude. Nous allons vous raccompagner chez vous dans le cas où vous seriez attendues, ce qui ne serait pas étonnant.

– Et si nous ne leur rendons pas les bijoux qu'arrivera-t-il ?

– C'est notre affaire.

– Et si nous décidions de passer la nuit à l'hôtel plutôt que de retourner chez toi ? dit Pauline.

– Notre mission sera achevée quand nous aurons mis la main sur les braqueurs. Nous allons les piéger et les mettre sous les verrous. Le service des empreintes a déjà été alerté, ils en ont laissé beaucoup sur le sac. À mon avis, ce sont des novices. Pourquoi ont-ils été repérés à l'aéroport ? Avaient-ils l'intention de confier les bijoux à un complice qui prendrait l'avion ? Cela sera difficile à vérifier.

Les deux agents de police ont une apparence amicale, leur présence apaisante réconforte les deux jeunes femmes qui se sentent en sécurité auprès d'eux.

– Vous pouvez reprendre le chemin de votre domicile, nous nous dissimulerons discrètement à l'arrière et interviendrons au moment opportun.

Avant de quitter son bureau, Guy active une sonnerie et appelle un remplaçant pour prendre la relève.

Ensuite, ils sortent, enveloppés par l'obscurité et le vent qui n'a pas cessé.

Jacques monte à l'avant, Guy à l'arrière avec Pauline.

Pendant que la voiture roule, Jacques interroge discrètement Florence :

– Vous vivez seule ?

– Oui, je suis célibataire.

– Moi aussi, s'empresse d'ajouter Pauline.

– Donc personne ne vous attend chez vous.

– Non, mis à part les deux bandits.

Ils se mettent à rire. L'atmosphère est détendue et les femmes se sentent en sécurité près des deux policiers.

– Je vais enfin voir ta maison, dit Pauline, et dormir dans un bon lit.

– Attends, tout n'est pas encore terminé. On ignore ce que l'avenir nous réserve.

– Il faudra rester prudentes, conclut Jacques.

Chapitre 14
Rodolphe

Dans les méandres d'un lotissement pavillonnaire, où le voile sombre de la nuit, doublé d'un rideau de pluie, efface les maisons, la silhouette blanche de la demeure de Florence se dessine. Cette maison, légèrement surélevée par rapport à ses voisines, semble veiller avec une dignité solennelle sur son domaine. Une haie de troènes, dense et vigoureuse, encadre ses contours, conférant une aura de secret à son existence.

– C'est ta maison ? Interroge Pauline admirative.

– Oui, c'est là que je demeure.

Le portail de la cour, tel un gardien silencieux, est demeuré ouvert, comme au départ de Florence. Dans un mélange de soulagement d'être enfin arrivée, elle gare sa voiture sous l'abri-carport, éprouvant une satisfaction tranquille à trouver les clés précieuses dans la boîte à gants, en se félicitant de ne pas les avoir laissées dans son sac.

– Descendez sans bruit, comme des ombres parmi les ombres, murmurent ses compagnons d'intervention, nous faisons le guet. Au moindre danger, appelez-nous !

Elles sortent de la voiture, le cou enfoncé dans leur col, sous le vent et la pluie battante. Quelques branches sont tombées dans l'allée du jardin, mais rien d'important.

Pauline ouvre le coffre pour saisir sa valise avec une détermination crispée, tandis que les policiers, tels des fantômes en embuscade, se dissimulent derrière les sièges avant. L'inquiétude s'infiltre insidieusement chez les jeunes femmes, faisant trembler leurs jambes alors qu'elles avancent sur l'allée gravillonnée dont le crissement trahit leur passage furtif. Ici et là des flaques d'eau témoignent d'une pluie tenace qui a imprégné le sol.

« Pourvu que mon sous-sol ne soit pas inondé », pense Florence.

Contourner la façade principale devient une aventure périlleuse avec la peur comme compagne. Florence, la main tremblante, glisse la clé dans la serrure tandis que son animal de compagnie aboie en reconnaissant sa maîtresse.

– Tu as un chien ? murmure Pauline.

– Oui, un Chihuahua.

Soudain, tel un spectre surgissant des ténèbres, un homme de haute stature se précipite vers elles, brisant le calme nocturne par sa présence inattendue et les pousse à l'intérieur. La surprise fige les mots dans leur gorge, privant les policiers de l'alerte prévue.

– Entrez ! Ordonne l'homme d'une voix menaçante, et n'allumez pas la lumière, je n'ai pas de temps à perdre.

Florence, étonnée par la présence solitaire de cet homme, alors qu'elle en attendait deux, sent un frisson glacé parcourir son échine. « Que font les policiers » se demande-t-elle ?

Pauline, submergée par la soudaine reconnaissance de la voix, murmure avec stupeur : « C'est mon ex ! »

– Oui, c'est bien moi. Ah ! Tu te croyais maligne en pensant que je n'allais pas te retrouver, on ne me la fait pas à l'envers à moi !

– Que veux-tu, dit Pauline en tremblant.

– Ta valise, celle qui contient la collection de timbres que tu m'as volée. Donne-la-moi tout de suite.

– Fais ce qu'il demande, conseille Florence et qu'on en finisse. Je comprends à présent pourquoi tu avais peur qu'on te suive.

– Elle n'avait pas la conscience tranquille, tu as de la chance que je n'aie pas alerté la police, je préfère régler mes comptes seul.

– Si je te la donne, tu t'en iras ?

– Immédiatement.

– Tu ne me frapperas plus ?

– Qu'est-ce que tu as inventé ? Je ne t'ai jamais frappée.

Dans la voiture, les policiers s'étonnent qu'elles n'aient pas encore allumé, cela leur paraît louche.

– Qu'est-ce qu'on fait ?

– Attendons qu'elles nous fassent signe comme convenu.

Soudain, ils aperçoivent un homme sortant de la maison avec une valise.

– Comment est-il rentré ? Était-il déjà à l'intérieur ? Où est le deuxième homme ?

– Il faudrait aller voir.

Ils font irruption de la voiture, révolver au poing en criant « Police ! Arrêtez-vous ! »

Rodolphe, qui se sent dans ses droits et la conscience tranquille, stoppe aussitôt et se retourne vers eux. L'éclair de la torche l'éblouissant, il met son bras devant ses yeux et interroge :

– Que se passe-t-il ? Que me voulez-vous ?

– Vous allez le savoir bientôt, dit le policier.

– Mais je n'ai rien fait de répréhensible.

– C'est toujours ce que disent les coupables avant d'avouer leur forfait. Posez cette valise, on va vous passer les menottes.

Pauline intervient :

– Arrêtez ! Ce n'est pas l'homme que vous croyez, c'est mon ex, il veut récupérer sa valise.

– Oui la valise qu'elle m'a volée en partant.

– Que contient cette valise ?

– Il s'agit de ma collection de timbres, une petite fortune que j'avais eu l'imprudence de lui montrer.

– Oui, pour te punir de m'avoir battue.

– Il vous a frappée ?

– Regardez mon œil qui porte encore la trace des coups reçus.

Jacques braque la torche sur son visage et déclare :

– En effet, il ne vous a pas ratée.

– Mais c'est faux ! Je ne l'ai jamais touchée ! C'est du maquillage pour comploter contre moi ! Ne la croyez pas !

– Comment, tu m'as trompée, dit brutalement Florence et moi qui avais eu pitié de toi. C'est lamentable ! Comment pourrais-je avoir confiance en toi désormais !

Pauline baisse la tête en coupable :

– Je te demande de me pardonner... balbutie-t-elle.

– On vous arrête pour coups et blessures, ajoute Guy.

– Vous allez porter plainte j'espère, dit Jacques s'adressant à Pauline.

À ce moment, Rodolphe fait un pas vers elle. Apeurée ou faisant semblant de l'être, Pauline se réfugie dans les bras de Guy qui la reçoit contre sa poitrine. La situation embarrasse le policier qui veut la repousser, mais elle se cramponne à lui désespérément.

– Ne me laissez pas, je vous en supplie. Sauvez-moi ! Il va encore me frapper.

– Ce n'était pas mon intention, je suis incapable de porter la main sur une femme, dit-il sincère. Arrête de jouer la comédie.

Guy la repousse doucement tandis que Jacques ordonne :

– Donnez-moi la valise.

– OK, la voilà !

Dans un mouvement brusque, la valise s'ouvre sur le gravillon humide. Divers vêtements en tombent et s'éparpillent sur le sol.

– Qu'est-ce que c'est ? Des vêtements ! Et mes timbres où sont-ils ? Tu les as vendus et tu croyais me tromper avec cette valise bleue.

Pauline déçue par l'attitude de Guy s'éloigne de lui et regarde son ex avec étonnement, aussi surprise que lui par le contenu étalé au sol.

– Je ne comprends pas, j'avais mis tes timbres dans la valise !

– Tu en es sûre, interroge Florence. D'abord est-ce que c'est bien ta valise ?

– Il ne manquerait plus que ça.

– Souviens-toi, tu m'as dit qu'un homme complaisant l'avait sortie du tapis roulant à l'aéroport. Il s'est peut-être trompé, sans doute y avait-il deux valises bleues et tu auras récupéré celle qui n'était pas à toi.

– Tu penses que c'est lui qui me l'a volée ?

– Pas forcément. Quelqu'un aura pris la valise contenant les timbres, si la personne est honnête, elle la rapportera à l'aéroport.

– La mienne était fermée par un cadenas or celle-ci s'est ouverte toute seule.

Pendant cette conversation, Rodolphe semble désespéré :

– Comment vais-je les récupérer à présent ? Décidément tu ne m'auras causé que des ennuis. Maudit soit le jour où je t'ai rencontrée !

Jacques intervient :

– Rentrons, si vous allumez, nous y verrons mieux à l'intérieur que sous le crachin... Des indices vont sans doute nous instruire sur le propriétaire de ce bagage.

Ils rentrent dans le salon sobrement meublé et Rodolphe dépose la valise sur la table.

– Ne touchez à rien, dit Jacques, nous allons vérifier nous-mêmes.

– De toute façon le contenu a été bouleversé en tombant à terre.

– Bonne remarque !

Effectivement, l'adresse et le numéro de téléphone du propriétaire sont collés à l'intérieur sur le couvercle.

– Voilà une personne prévoyante, nous allons l'appeler.

– À cette heure ? Il est presque 3 heures.
– On verra bien.

Guy compose le numéro et attend. Une voix endormie répond :

– Vous n'avez pas honte de me réveiller à une heure pareille ? J'espère que c'est pour une bonne cause, répond brutalement une voix d'homme en colère.

– C'est au sujet de votre valise, une valise bleue.

– Ma valise est près de mon lit.

– Vous l'avez ouverte ?

– Non pas encore, j'ai eu une journée chargée et je me suis couché en arrivant chez moi.

– Cette valise n'est pas la vôtre, par contre nous sommes en possession de la seconde valise bleue à votre nom.

– Mais qui êtes-vous ?

– Un policier. Vous avez pris la valise d'un certain Rodolphe et lui a la vôtre, vous comprenez ?

– Oui je comprends, mais cette affaire ne peut-elle pas attendre à demain pour être réglée ? Il faut que je dorme, j'ai eu une journée difficile.

– D'accord, donc quelqu'un passera chez vous demain vers midi pour procéder à l'échange des bagages.

– OK à demain.

– Dormez bien !

Puis s'adressant à Rodolphe :

– Voilà une affaire réglée, vous irez chez la personne vers midi, vous serez attendu. C'est à l'autre bout de la ville.

– Je connais ce quartier. Je peux m'en aller ?

– Vous ne portez pas plainte pour coups et blessures ? interroge Guy en s'adressant à Pauline.

– Non, répond-elle, j'ai aussi ma part de responsabilité dans cette affaire, laissez-le partir.

– C'est bien généreux de votre part.

– Il faut savoir pardonner.

– Pardonner quoi ? dit Rodolphe, je ne t'ai rien fait moi, toi tu n'es qu'une voleuse doublée d'une roublarde.

– Alors, dans ce cas... ajoute Guy, et n'oubliez pas la valise.

Encore une question, ajoute Pauline :

– Comment as-tu fait pour me retrouver ?

– C'est mon secret. Je peux partir à présent ?

– Oui et tenez-nous au courant, voici mon numéro pour m'appeler au cas où.

Tandis que Rodolphe sort, les quatre personnes sont prises d'un fou rire nerveux communicatif.

Après l'échange du sac de Florence, il ne manquait plus que celui de la valise, une situation dramatique qui vire au comique, un parfait vaudeville.

Chapitre 15

Le drame

– Allons-nous enfin pouvoir dormir ? s'impatiente Pauline.
– Je n'en peux plus, ajoute Florence.
– Je vais envoyer une patrouille pour nous relayer et surveiller les abords de la maison, déclare Jacques.
– Restez près de nous ! implore Pauline.
– Tu ne vois pas qu'ils sont fatigués.
– Vous préféreriez que nous restions ? demande Jacques à Florence.
– Bien sûr, dit Pauline les yeux brillants en regardant Guy.
– Bon, d'accord, dit Jacques, allez vous coucher et nous ferons le guet, mais auparavant je dois informer mon chef.

Il s'éloigne à l'autre extrémité du salon pour une longue conversation avec sa direction à laquelle il explique la situation depuis le début, tandis que Florence fait visiter la maison à Guy, Pauline écoute.

– Oui, les bijoux sont retrouvés… Afin de mettre les jeunes dames à l'abri des représailles, faites diffuser sur les ondes que le butin du braquage de la bijouterie est entre les mains de la police et que les bijoux seront restitués à leur propriétaire sous peu... Espérons que les hommes concernés entendront l'info et ne viendront pas les importuner à leur domicile.

Il raccroche le sourire aux lèvres :

– Dormez tranquilles nous veillerons sur vous.

Pauline est soulagée.

De retour de la cuisine avec Guy, Florence dit à Pauline :

– Tu vas enfin faire connaissance avec ta chambre. Elle donne sur la pelouse qui entoure la maison. Je n'ai pas fermé les volets de la porte-fenêtre.

– J'espère que le lit est bon.

– Tu n'auras pas à te plaindre.

Trois heures sonnent au clocher quand toutes les lumières sont éteintes. Chacune dans leur chambre, Pauline et Florence sombrent dans un profond sommeil meublé de rêves étranges.

Jacques et Guy, dans un fauteuil du salon, tentent de résister à l'attirance des bras de Morphée.

Sous le voile de la nuit, le firmament se dénude peu à peu, laissant à découvert la lune majestueuse, dont l'éclat baigne le lotissement d'une aura mystique. Les derniers lambeaux de nuages se dissipent devant sa lumière, offrant à l'astre nocturne un théâtre de contemplation. Les rayons lunaires, comme des tentacules curieux, explorent les recoins de ce monde endormi.

À l'intérieur dans la douceur tamisée du salon, la lueur argentée de la lune traverse la baie vitrée, caressant du bout de ses doigts lumineux la surface polie de la table où sur ce plateau de bois, repose négligemment le sac de bijoux.

Soudain, un mouvement brise le silence nocturne, un hibou, éveillé de son sommeil diurne, s'envole avec une grâce inattendue, ses ailes majestueuses fendent l'air nocturne, laissant derrière lui une ombre fugace. Pourtant, malgré ce moment de vie, la quiétude persiste dans ce quartier en apparence immuable, où le temps semble s'être figé dans un éternel calme.

Mais dans l'obscurité, une présence se profile, avançant avec une lenteur calculée, telle une ombre qui danse silencieusement sur le sol. Pas un bruit ne trouble le doux murmure de la nuit, alors que cette silhouette insaisissable se rapproche inexorablement de sa destination.

La porte s'ouvre sans un grincement, comme si elle-même cédait devant la volonté de l'intrus. À l'intérieur, deux corps allongés sur leur fauteuil gisent, plongés, semble-t-il, dans un sommeil profond. Fatigués par une journée éreintante, ont-ils succombé à l'appel du repos, oubliant leurs promesses de veiller sur les lieux ?

Pourtant, dans cette quiétude apparente, l'intrus avance, tel un fantôme silencieux, sa main tendue vers l'objet convoité. Tandis que la personne a saisi le sac et fait un pas à reculons, soudain, derrière elle, un homme suivi d'un autre surgit, lui arrache le sac et lui plaque une main gantée sur la bouche qui laisse échapper un son étouffé qui brise le silence. Jacques, éveillé par un instinct primaire, se redresse brusquement, apercevant trois silhouettes dans la pénombre.

Alerté par le mouvement de son compagnon, Guy réagit avec promptitude, et dégaine son revolver. Se croyant tous deux menacés, par l'ombre qui tend son bras au bout duquel une arme brille, il tire. Un mouvement de fuite s'ensuit tandis qu'une sorte de pantin, dont on aurait coupé les ficelles, s'est écroulé mollement sur le tapis dans l'obscurité. Étonné, abasourdi par la fulgurance de la scène qui vient de se dérouler sous ses yeux, Guy prend conscience, trop tard, de sa propre précipitation.

Au coup de feu, les deux intrus détalent à toute vitesse comme des athlètes pour un cent mètres après le signal de départ. La porte est franchie, puis le portail et une voiture démarre à grand bruit. Jacques les poursuit dans la rue en illuminant les lieux de la lumière crue de son portable. Il n'a pas le temps de relever le numéro du véhicule.

Essoufflé, le souffle court et le cœur battant à tout rompre, il rebrousse chemin, comme revenant d'une course effrénée à travers les méandres du temps. Dans la clarté de la lumière qui inonde le salon, Jacques rejoint Guy, accroupi par terre, le corps secoué de sanglots, penché sur une silhouette frêle vêtue de noir, étendue sur le tapis. Une ombre dans l'ombre, une présence silencieuse qui semble défier l'ordre des choses. Un bonnet dissimule la moitié du visage de cette figure immobile, ajoutant à son mystère.

Jacques s'approche, hésitant, de ce corps qui jusqu'alors était anonyme. Un doute s'insinue dans son esprit, comme une brume matinale qui se dissipe lentement. Et lorsqu'enfin il ose dévoiler le visage de la victime, un cri déchirant franchit ses lèvres : « C'est Pauline ! Appelez le SAMU ! »

Pendant ce temps, Florence, tirée brusquement de son sommeil par le fracas d'un coup de feu, se précipite vers la scène de l'événement. Les battements affolés de son cœur résonnent dans sa poitrine alors qu'elle découvre les deux policiers accroupis aux côtés d'un corps étendu sur le tapis.

– Que se passe-t-il ? Qui a tiré ? demande-t-elle.

Un policier répond « Appelez vite le SAMU, c'est urgent. »

Sans plus attendre, Florence se dirige vers sa chambre à la recherche de son portable. Ses doigts tremblants composent frénétiquement le numéro des urgences. Une voix au bout du fil demande l'adresse, puis promet l'arrivée imminente des secours. Un soupir de soulagement s'échappe de ses lèvres. Les deux policiers avaient agi avec promptitude, leur vigilance avait été récompensée.

« Qu'aurions-nous fait, Pauline et moi, sans ces anges gardiens qui veillent sur nous ? » se demande-t-elle. Une pensée fugace traverse son esprit alors qu'elle repense aux regards échangés avec Jacques. « Peut-être est-il célibataire ? » se surprend-elle à penser, avant de chasser rapidement cette idée.

Puis, une fois encore maîtresse de ses émotions, Florence se rappelle qu'elle n'a pas vu Pauline. « Elle était si fatiguée, si pressée de dormir dans un vrai lit après toutes ces émotions », pense-t-elle. « Elle n'a sûrement rien entendu dans son sommeil. »

Décidée à lui annoncer la bonne nouvelle, elle se hâte vers sa chambre, seulement pour la trouver vide, ses vêtements éparpillés sur le sol. « Où peut-elle bien être sans ses vêtements ? » se demande-t-elle, avant que le son strident de l'ambulance ne la ramène brusquement à la réalité.

« Vite, il faut que je m'habille », se dit-elle, consciente de ne pas vouloir être surprise en tenue de nuit devant les secours et les policiers.

Pendant ce temps, dans le salon, l'agitation est à son comble. L'ambulance s'éloigne dans la lueur de l'aube naissante, emportant avec elle un mystère dont les réponses semblent s'évaporer dans l'air.

De retour auprès des deux hommes, Florence, impeccablement vêtue et coiffée, les yeux pétillants de curiosité, réclame des réponses.

– Que s'est-il passé ? Racontez-moi, dit-elle les yeux brillants de gourmandise à l'attente d'un récit croustillant.

Silence.

– Comment ça s'est passé, racontez-moi, insiste-t-elle, volubile face au mutisme des deux hommes qui semblent gênés.

– Vous ne répondez pas, c'est un sujet professionnel, dont vous ne voulez rien divulguer. À votre aise ! Mais où est passée Pauline, elle n'est pas dans sa chambre ?

Mais face au silence pesant qui règne, elle sent monter en elle une angoisse sourde. C'est alors que Jacques s'avance vers elle, l'enveloppant dans ses bras avec solennité. Dans son étreinte, Florence sent la gravité de la situation, le poids de l'indicible.

Il murmure à son oreille d'une voix douce, presque tremblante : « Il s'agit de Pauline. »

Les mots résonnent dans le calme, porteurs d'une terrible vérité. Les larmes montent aux yeux de Florence, tandis que la réalité se dévoile dans toute son horreur.

– Où est-elle ? demande-t-elle d'une voix brisée, réalisant peu à peu l'ampleur du drame qui vient de se jouer.

Jacques serre alors Florence plus fort contre lui, comme pour la protéger du malheur qui plane. Et dans ce geste empreint de tendresse, Florence trouve un réconfort fragile, un instant de répit dans l'océan de douleur qui l'entoure.

– Elle était dans l'ambulance, finit par avouer Jacques.

Et le monde de Florence s'effondre un peu plus face à la triste réalité.

– Je voudrais la voir.

– Trop tard, murmure-t-il, alors que les larmes coulent sur les joues de Florence, emportant avec elles les dernières images de son amie.

– Comment ça s'est passé ? insiste Florence.

– Vous voulez le savoir ?

– Oui, dites-moi tout.

– Alors que nous étions plus ou moins assoupis, Pauline s'est introduite dans le salon pour prendre le sac de bijoux. À ce moment les deux hommes ont surgi derrière elle, l'un était armé, l'autre s'est emparé du sac en maintenant Pauline contre lui puis le coup est parti...

– Pourquoi a-t-elle fait ça ? Ce n'est pas une voleuse.

Elle se souvient du solitaire dérobé en ramassant les bijoux dans la voiture, de la valise de son ex, des mensonges concernant son œil... « Non, je ne la connaissais pas vraiment ! »

– Elle voulait vous éprouver, voir si vous faisiez bien le guet... dit-elle en voulant épargner la mémoire de son amie.

– Peut-être...

Pendant ce temps, Guy au téléphone, met sa direction au courant de la situation. Des bribes de la conversation parviennent à Florence et Jacques.

… oui, les bijoux sont en sécurité, le sac ne contenait que des gravillons, les voleurs sont en fuite, mais il y a une victime …

Mais dans cet instant dramatique, dans cette étreinte qui les unit, Florence trouve une lueur d'espoir. Une lueur fragile, vacillante, mais suffisante pour lui rappeler que même au milieu des ténèbres, l'amour peut être une bouée de sauvetage, un phare dans la nuit. Et tandis qu'elle se laisse bercer dans les bras de Jacques, Florence se laisse envahir par un sentiment de gratitude, reconnaissante pour cet amour qui vient de naître à l'occasion de cette tragédie.

Table des chapitres

Chapitre 1 – L'aéroport... 9

Chapitre 2 - En route !................................... 23

Chapitre 3 - Perdues................................35

Chapitre 4 - La piqûre...............................41

Chapitre 5 - L'infirmière 47

Chapitre 6 - Le garagiste............................ 55

Chapitre 7 - L'accident............................... 67

Chapitre 8 - On repart...............................73

Chapitre 9 - Le gorille..............................79

Chapitre 10 - Jacques................................87

Chapitre 11 - La radio..........................91

Chapitre 12 - La surprise............. 95

Chapitre 13 - Explication........................101

Chapitre 14 - Rodolphe......................... 107

Chapitre 15 - Le drame.........................117

Productions de Pierrette Champon - Chirac
Chez Brumerge :

− Le Village fantôme (poésie)
− Le Rapporté
− La Porte mystérieuse
− En avant pour l'aventure
− Du paradis en enfer
− En avalant des kilomètres
− Délire tropical
− De Croxibi à la terre
− Des vies parallèles (propos recueillis)
− Profondes racines
− Cœurs retrouvés
− Apporte-moi des fleurs
− Le Manteau Fatal
− La vengeance du crocodile
− Vers un nouveau Destin
− La Canterelle
− Un certain ballon
− Le pique-nique
− Lettres à ma prof de français
− Une semaine éprouvante
− Revirement
− Rester ou partir ?
− Panique en forêt
− Reste chez nous
− Pour ne pas oublier
− Dans les pas du mensonge
− La poésie du quotidien
− Le trou n°5
− Étonnantes retrouvailles

– La rançon de la bonté
– Immersion en milieu rural
– Que la fête soit « bêle »
– Un étrange bouquet de roses
– Un séjour à la campagne
– Début de carrière mouvementé
– L'oncle surprise de Fanny
– Le secret du puits
– Les avatars d'une rencontre
– La surprise du premier emploi
– Rencontres tragiques
– Une vengeance bien orchestrée

Chez Books on Demand :

– Tragédie au moulin
– Pour quelques euros de plus
– Étrange découverte en forêt
– Les imprévus d'Halloween
– Fatale méprise
– Piégé par un roman
– La surprise du carreleur
– Dans les méandres de la nuit

Albums photo aux Éditions le Luy de France

– Il était une fois Réquista (2012)

– Mémoire du Réquistanais Tome 1 et 2

– Réquista, retour vers le passé